تريندز للبحـــوث والاستشــــارات
TRENDS Research and Advisory

صعود حركة طالبان: تأثيراته الدولية والإقليمية وانعكاساته على التنظيمات المتطرفة في أفريقيا

د. فتوح هيكل

خالد أحمد عبدالحميد

د. وائل صالح

اتجاهات استراتيجية (9)

نوفمبر 2021

مركز تريندز للبحوث والاستشارات

يُعد مركز "تريندز للبحوث والاستشارات" مؤسسة بحثية مستقلة، تأسس عام 2014، ويهتم باستشراف المستقبل في جوانبه الاستراتيجية والسياسية والاقتصادية، وتتبع القضايا العالمية المختلفة. كما يهدف المركز إلى تحليل الفرص والتحديات على مختلف الصُّعُد الجيوسياسية الراهنة، وما تحمله من متغيرات محتملة، مع محاولة إيجاد إجابات وتفسيرات علمية وموضوعية من شأنها المساهمة في التأثير في اتجاهات الأحداث مع مراعاة نواحي التحليل والنقد والاستشراف.

ويقدّم المركز، من أجل تحقيق غاياته العلمية، دراسات رصينة ذات أبعاد استشرافية مستقبلية، ويطرح أفضل البدائل الممكنة لمساعدة صنّاع القرار في معرفة التطورات الإقليمية والدولية بشكل أعمق، والاستفادة مما توفره من فرص. كما يقوم المركز برصد الاتجاهات والتغييرات الاستراتيجية والاقتصادية والإقليمية والدولية، والتنبؤ بآثارها المستقبلية، وذلك وفق الضوابط العلمية المتعارف عليها دولياً لدى أعرق مراكز التفكير والبحث العلمي.

المحتويات

تستند حركة طالبان في علاقاتها الخارجية بعد سيطرتها على الحكم في أفغانستان إلى مجموعة من المبادئ التي أعلنتها، وأهمها التأكيد على إقامة نظام إسلامي في أفغانستان والانفتاح على المجتمع الدولي، واحترام الحقوق العامة وحرية المرأة والتأكيد على قدرتها على تحمل مسؤوليات الحكم وإدارة شؤون البلاد، وطمأنة دول الجوار.

برغم القلق الإقليمي من عودة حركة طالبان وسيطرتها على أفغانستان، فإن الدول الإقليمية المحيطة وجدت أن هذه العودة قد تحقق مصالحها، ومن ثم كانت هناك حالة من القبول الضمني بين هذه الدول لعودة الحركة. وهناك بعض الدول الإقليمية التي ستحاول الاستفادة من عودة الحركة لتحقيق مصالحها وزيادة نفوذها في المنطقة مثل باكستان وتركيا وإيران، كما ستسعى بعض القوى الدولية مثل الصين وروسيا إلى الاستفادة من الحركة لتعزيز وجودها في المنطقة وفي ترسيخ نفوذها الدولي عموماً.

من المرجح أن يشكل صعود حركة طالبان وعودتها إلى حكم أفغانستان مصدر إلهام لحركات التطرف والإرهاب في مختلف أرجاء العالم، لاسيما وأن هذه الحركات ترى أن طالبان الحركة الدينية المتشددة خاضت صراعاً ضد الولايات المتحدة الأمريكية، وهي القوة العظمى الوحيدة في العالم واستطاعت أن تنتصر عليها وأن تجبرها على القبول بعودتها مرة أخرى إلى السلطة.

إن عودة طالبان إلى أفغانستان وسيطرتها على البلاد ستكون لها تأثيرات عديدة في نواحٍ وأماكن عدة، من بينها القارة الأفريقية وداخلها منطقة الساحل، إذ إن نجاح طالبان وقدرتها على التأقلم والحفاظ على بقائها طيلة أكثر من 20 عاماً، برغم الجهود التي بذلتها الولايات المتحدة لإضعافها والقضاء عليها، يشكل نموذجاً ملهماً للحركات الإرهابية في القارة الأفريقية عموماً ومنطقة الساحل خصوصاً، حيث تسعى هذه الحركات إلى تأسيس وجود قوي لها هناك.

فتحت السيطرة السريعة لحركة طالبان على مقاليد السلطة في أفغانستان، حتى قبل إتمام عملية الانسحاب الأمريكي من هذا البلد، المجال أمام كثير من الجدل والمناقشات حول مصير أفغانستان في ظل العهد الجديد لطالبان، والتأثيرات المحتملة لعودة الحركة من جديد للسلطة على حالة الأمن الإقليمي والعالمي بشكل عام وعلى التنظيمات المتطرفة بشكل خاص.

وقد أثير هذا الجدل على خلفية رؤية الأطراف المختلفة، على المستويين الرسمي وغير الرسمي، للسياسات الجديدة المتوقع أن تنتهجها حركة طالبان خلال المرحلة المقبلة، فبينما تراهن بعض الأطراف الدولية والإقليمية والبحثية على أن النسخة الجديدة من طالبان مختلفة عن سابقتها التي سيطرت على أفغانستان خلال الفترة (1996-2001) اعتماداً على الإشارات الأولى التي أطلقتها طالبان في هذا الشأن، والتي توحي بأن سياسات الحركة ستختلف خلال المرحلة الجديدة وستكون أكثر براجماتية - يجادل فريق آخر بأن الطابع الأيديولوجي للحركة سيغلب عليها في النهاية وسيعيدها من جديد لنهجها المتشدد وسيجعل منها عنصر عدم استقرار ومصدراً لتهديد الأمن الإقليمي والعالمي.

وضمن هذا الجدل تبرز قضية مهمة باتت تحظى باهتمام كبير على المستويين السياسي والأكاديمي؛ وهي علاقة طالبان – القائمة والمحتملة – بالتنظيمات الإرهابية، وبخاصة تنظيم القاعدة الذي تحالف معها خلال مرحلة حكمها الأولى. وثمة العديد من التساؤلات التي تُطرَح في هذا السياق؛ مثل: هل ستفي طالبان بما التزمت به في الاتفاق الذي وقعته مع الولايات المتحدة الأمريكية في فبراير 2020 بشأن عدم السماح لتنظيم القاعدة أو غيره من التنظيمات الإرهابية بالوجود داخل أفغانستان، واستهداف دول أخرى انطلاقاً من أراضيها؟ أو ستتجه إلى جعل أفغانستان ملاذاً آمناً لبعض التنظيمات الإرهابية من جديد؟ وما هي أهم العوامل والمحددات التي ستؤثر على توجهات طالبان في هذا الخصوص؟ وما هي السيناريوهات المستقبلية المحتملة لعلاقة طالبان بالتنظيمات والجماعات الإرهابية، وبخاصة تنظيم القاعدة؟

كما تبرز أيضاً في هذا السياق قضية أكثر خصوصية تتعلق بسيطرة حركة طالبان على السلطة في أفغانستان ومدى تأثيراتها المحتملة على التنظيمات المتطرفة في أفريقيا عموماً ومنطقة الساحل الأفريقي بصفة خاصة، ولاسيما في ظل تشابه الوضع في هذه المنطقة بالحالة الأفغانية، حيث تشير كثير من التصريحات والمؤشرات إلى اتجاه القوات الفرنسية للانسحاب من هذه المنطقة مثلما انسحبت القوات الأمريكية والدولية

من أفغانستان، وهو ما يطرح مخاوف من احتمال تكرار ما حدث في أفغانستان في هذه المنطقة، بحيث تسعى التنظيمات المتطرفة للسيطرة على الأوضاع فيها بعد الانسحاب الفرنسي منها.

تسعى هذه الدراسة، في هذا السياق، إلى محاولة الإجابة عن التساؤلات السابقة واستكشاف حدود التأثيرات المحتملة لسيطرة حركة طالبان على السلطة في أفغانستان على التنظيمات المتطرفة في أفريقيا عموماً ومنطقة الساحل الأفريقي خصوصاً، وذلك من خلال محورين أساسيين يضمان مجموعة من العناصر الفرعية، حيث يتناول المحور الأول من خلال عنصرين فرعيين مبادئ حركة طالبان الموجِّهة لعلاقاتها الخارجية، وتأثير صعودها على الوضعين الإقليمي والدولي. ويناقش المحور الثاني من خلال ثلاثة عناصر فرعية، المحددات الحاكمة لموقف الحركة من التنظيمات المتطرفة، وتأثير صعودها على التنظيمات المتطرفة عموماً وعلى التنظيمات المتطرفة في أفريقيا ومنطقة الساحل خصوصاً.

المحور الأول: تأثير صعود حركة طالبان على الوضعين الإقليمي والدولي

شكّل صعود حركة طالبان وسيطرتها على السلطة في أفغانستان حدثاً مهماً سيؤدي بلا شك إلى حدوث مجموعة من التأثيرات الإقليمية والدولية التي ستنتج عن علاقات الحركة مع القوى الدولية والإقليمية، إذ

إن الحركة لم تأتِ إلى الحكم هذه المرة لتنعزل عن محيطيها الإقليمي والدولي، وإنما ستسعى إلى الانخراط في هذين المحيطين، وستكون أداتها في ذلك هي قاعدة تبادل المصالح والمنافع.

سعت حركة طالبان منذ دخولها العاصمة الأفغانية كابل وسيطرتها على البلاد، إلى إرسال مجموعة من الرسائل التي تتعلق بالمبادئ التي تستند إليها الحركة في علاقاتها الإقليمية والدولية، وقد جاءت هذه الرسائل على لسان مسؤولي الحركة وفي مقدمتهم ذبيح الله مجاهد المتحدث باسم الحركة، حيث حرص هؤلاء المسؤولون على تأكيد هذه الرسائل في عددٍ من الأنشطة الإعلامية التي قاموا بها منذ فرض الحركة سيطرتها على أفغانستان. وقد تضمنت هذه الرسائل مجموعة من المبادئ أهمها ما يلي:

1- إقامة نظام إسلامي في أفغانستان:

أعلنت حركة طالبان مراراً أنها ترغب في تأسيس نظام إسلامي في أفغانستان، وهو ما أكده مسؤولو الحركة في عددٍ من المناسبات؛ ففي 28 يوليو 2020، أكد هبة الله أخوند زاده زعيم الحركة، في بيان بمناسبة عيد الأضحى، أن حركته على وشك "إقامة حكومة إسلامية نقية"[1]، كما

___

1. هبة الله أخوند زاده: زعيم طالبان الذي تعهد بإقامة "حكومة إسلامية نقية"، بي بي سي، 18 أغسطس 2021، https://bbc.in/2Z3bmMg.

طلب زادة من الحكومة التي تشكلت في سبتمبر 2021 التمسك بتطبيق الشريعة، وقال في بيان "أؤكد لجميع المواطنين أن الحكام سيبذلون كل ما في وسعهم للتمسك بالشريعة الإسلامية في البلاد"[2]، وقد كرر ذبيح الله مجاهد هذا الأمر مرات عديدة، فقال في أول مؤتمر صحفي له في 17 أغسطس 2021، إن حركته ستعمل على "إقامة نظام سياسي إسلامي شامل في أفغانستان"[3].

ويتماشى هذا الهدف مع كون حركة طالبان حركة سنية تقوم أيديولوجيتها على مجموعة من الأسس، منها إقامة حكومة إسلامية على نهج الخلافة الراشدة؛ ولذلك تُسمَّى الدولة باسم "إمارة أفغانستان الإسلامية"، وتطلق على زعيم الحركة "أمير المؤمنين"، وأن يكون الإسلام دين الشعب والحكومة جميعاً، وأن يكون قانون الدولة مستمداً من الشريعة الإسلامية"[4].

2. أفغانستان: طالبان تكشف أبرز الأسماء في حكومتها، وزعيمها يشدد على التمسك "بالشريعة"، فرانس 24، 7 سبتمبر 2021، https://bit.ly/2YWX3Ji

3. طالبان تريد "نظاماً إسلامياً شاملاً".. وهذا موقفها من النساء، الحرة، 17 أغسطس 2021، https://arbne.ws/3BIQ7Nv

4. محمد المحمود، "طالبان.. الواقع والمتوقع"، موقع الحرة الإخباري، 23 أغسطس 2021، https://cutt.us/IpZaD

وبرغم رغبة حركة طالبان في إقامة نظام حكم إسلامي في أفغانستان، الأمر الذي ستكون له تداعيات تتمثل في إمكانية إلهام حركات التطرف والإسلاموية بالعمل على تكرار نموذجها؛ فإن المعروف أن الحركة ليس لها أي أنشطة خارج أفغانستان، ولا يوجد لديها أي طموحات لنقل نموذجها خارج حدود البلاد، بمعنى أنها تركز فقط على ممارسة السلطة والحكم داخل أفغانستان[5]، وهو ما يجعلها مختلفة في هذا الجانب عن غيرها من حركات التطرف والإسلاموية، مثل القاعدة وداعش والإخوان المسلمين وغيرهم.

2- الانفتاح على المجتمع الدولي:

أكدت حركة طالبان في رسائلها أنها ترغب في الانفتاح على المجتمع الدولي، وأن تحصل على ثقته وأن يقدم لها الدعم والمساعدة حتى تتمكن من تحقيق الاستقرار في أفغانستان، حيث لا تريد الحركة أن تعيش معزولة سواء في محيطها الإقليمي أو الدولي، بمعنى أنها تريد الاعتراف الدولي بها وبحكومتها التي ستتولى مقاليد الحكم في البلاد.

---

5.   "طالبان: ما هي أوجه الشبه والاختلاف بين الحركة وتنظيم الدولة الإسلامية؟"، بي بي سي، 19 أغسطس 2021، https://bbc.in/3jwembd

في هذا الإطار، جاءت تصريحات ذبيح الله مجاهد، الذي شدد في حوار مع محطة "روسيا اليوم" على أن أفغانستان بقيادة طالبان تطمح إلى تحقيق علاقات دبلوماسية مع جميع الدول وخاصة مع الدول الغربية، كما أشار في أول مؤتمر صحفي له إلى أن أراضي البلاد لن تُستخدم من أجل إلحاق الضرر بالآخرين، وذلك في تأكيد جديد على موقف الحركة من الجماعات الإرهابية، مثل القاعدة وداعش، كذلك أكد أن السفارات والبعثات الدبلوماسية مؤمَّنة، وطمأن ممثلي البعثات الدبلوماسية بأنهم لن يتعرضوا للأذى، وناشد المجتمع الدولي بتقديم المساعدة لأفغانستان من خلال الاستثمارات وتقديم المساعدات المادية، وذلك حتى تتمكن البلاد من الحصول على دخل إضافي لإنهاء تجارة وزراعة المخدرات[6].

3- احترام الحريات العامة وحقوق المرأة:

حرصت حركة طالبان عبر مجموعة من مسؤوليها على تأكيد احترامها للحريات العامة، وحقوق المرأة، وفي هذا الصدد، شدد ذبيح الله مجاهد في مؤتمره الصحفي الأول، على أن الحركة لن تقوم بتصفية حسابات مع أي أطراف في أفغانستان، وأنه أُصدِرَ قرار بعفو عام يشمل الجميع، بما في ذلك المواطنون الذين عارضوا الحركة، والجنود الذين انخرطوا في الحرب

ضدها، والذين تعاونوا مع الحكومة الأمريكية. وذكر أن دخول بيوت السكان محظور على مقاتلي الحركة، وأن من حق الشعب الأفغاني أن يكون له دستوره وقوانينه الخاصة التي تتماشى مع قيمه.

كما سعى ذبيح الله مجاهد إلى تأكيد احترام الصحافة والإعلام، وقال إن المنافذ الإعلامية يجب أن تظل محايدة، لكن يجب ألا يتعارض أي محتوى مع القيم الإسلامية. وفي حوار مع منظمة "مراسلون بلا حدود"، تعهد ذبيح الله بألا تضطهد الحركة الصحفيين في أفغانستان، وأن تسمح للنساء بمواصلة عملهن في وسائل الإعلام، بشرط وضعهن الحجاب أو غطاء الشعر. وقال "سنحترم حرية الصحافة؛ لأن التقارير الإعلامية ستكون مفيدة للمجتمع، وستسهم في تصحيح أخطاء القادة". وتابع مجاهد "من خلال هذا البيان لمنظمة مراسلون بلا حدود نعلن للعالم أجمع أننا نعترف بأهمية دور الإعلام"[7].

وأكدت الحركة كذلك احترامها للمرأة، وأشار ذبيح الله مجاهد إلى أن الحركة تدافع عن حقوق المرأة في إطار الشريعة الإسلامية، مضيفاً أن المرأة ستتمكن من العمل في مجالات الصحة والتعليم وغيرها من المجالات. كما أكد المتحدث باسم المكتب السياسي للجماعة في الدوحة

---

7.   أفغانستان: طالبان تعلن "نهاية الحرب" وتؤكد تقديرها لحقوق المرأة وفق الشريعة واحترام حرية الصحافة، فرانس 24، 17 أغسطس 2021، https://bit.ly/2VlnG8Q

سهيل شاهين، أنَّ ارتداء البرقع لن يكون إلزامياً، لكن على المرأة وضع حجاب. وقال "البرقع ليس الحجاب الوحيد الذي (يمكن) الالتزام به، فهناك أنواع مختلفة من الحجاب"، ولم يحدّد شاهين نوع الحجاب الذي سيتوجّب على المرأة الالتزام به. كما أوضح أن النساء "يمكنهن التعلم من المرحلة الابتدائية إلى التعليم العالي؛ وهذا يعني الجامعة"، وأكد أن آلاف المدارس في المناطق التي استولت عليها طالبان ما زالت تعمل[8].

4- تحمُّل مسؤوليات الحكم وإدارة شؤون البلاد:

أكدت حركة طالبان في رسائلها للمجتمع الدولي أنها ترغب في تحمل مسؤوليات الحكم وفي تحقيق الاستقرار في البلاد؛ ففي حوار مع محطة "روسيا اليوم"، قال ذبيح الله مجاهد: "سنحاول وسنعمل جاهدين على إثبات أن طالبان ليست - كما يدعي الغرب - أداة للقتل والتنكيل، وإنما هي حركة سياسية لديها أهداف لتحرير البلاد والارتقاء بأفغانستان". وأكد أن الحكومة الجديدة ستعمل على خدمة مصالح الناس، ولن تسمح لأي جهة بإثارة النعرات الإثنية، وفي ظل عدم امتلاك الحركة خبرات وكوادر

8.	طالبان تتحدث بنبرة تصالحية وردود غربية متشككة!، دويتشه فيله، 17 أغسطس 2021،
https://bit.ly/2Vlo0o4

مؤهلة لإدارة شؤون الدولة ومرافقها، فقد دعت الموظفين إلى استئناف أعمالهم في أجهزة الدولة ومؤسساتها[9].

وتطبيقاً لهذا المبدأ أعلنت الحركة في سبتمبر 2021 تشكيل حكومة موقتة تتكون من الملا محمد حسن أخوند رئيساً للحكومة ومعه 33 وزيراً، أبرزهم: الملا عبدالغني برادر ومولوي عبدالسلام حنفي نائبين لرئيس الحكومة، والملا محمد يعقوب، نجل الملا عمر مؤسس الحركة، وزيراً للدفاع، ومولوي سراج الدين حقاني زعيم شبكة حقاني وزيراً للداخلية، ومولوي أمير خان متقي وزيراً للخارجية، والملا خير الله خير خواه وزيراً للإعلام، ومولوي عبدالحكيم شرعي وزيراً للعدل، والملا هداية الله بدري وزيراً للمالية[10].

5- طمأنة دول الجوار:

حرصت حركة طالبان على طمأنة دول الجوار بشأن توجهاتها وتحركاتها، وفي هذا الصدد قال المتحدث الجديد باسم الحركة، محمد نعيم، في

9.   د. حسنين توفيق إبراهيم، هل ستتحول أفغانستان في ظل سيطرة طالبان إلى قاعدة للإرهاب مرة أخرى؟، مركز تريندز للبحوث والاستشارات، 20 أغسطس 2021، https://bit.ly/3DONHPf

10. أفغانستان: هل تسهم حكومة طالبان المؤقتة في طمأنة المجتمع الدولي أم في زيادة مخاوفه، بي بي سي، 9 سبتمبر 2021، https://bbc.in/3lOfIPQ

حديث تلفزيوني في 25 أغسطس 2021: "علاقاتنا مع إيران والصين وباكستان وأوزبكستان وغيرها ليست جديدة وهذه الدول غير قلقة... ولدينا علاقات وتواصل مستمر مع دول جوار أفغانستان ونريد تطوير ذلك"، وشدد على أن "الصين دولة جارة لنا وتجمعنا معها علاقات جيدة، وكذلك الأمر بالنسبة إلى روسيا"[11].

وهو الأمر الذي كرره المتحدث باسم المكتب السياسي لحركة "طالبان" الأفغانية في قطر، سهيل شاهين، حين قال إن نفوذ روسيا يمكن أن يساعد على تسوية الوضع في ولاية بنجشير الأفغانية، التي ترفض الخضوع للحركة[12]. كما أثنى ذبيح الله مجاهد على الدور الروسي في حلحلة الأزمة، سواء في الداخل الأفغاني أو في المحافل الدولية، وأكد أيضاً أن حركة طالبان لا تنوي التوسع في آسيا الوسطى أو إلى حدود روسيا[13]، وذلك في محاولة لطمأنة موسكو بشأن عدم نية طالبان اتخاذ أي إجراءات تهدد النفوذ الروسي في المنطقة.

---

11.   "طالبان": لدينا علاقات جيدة مع الصين وروسيا، روسيا اليوم، 25 أغسطس 2021،
https://bit.ly/3BHQAPV

12.   "طالبان": نفوذ روسيا قد يساعد في تسوية قضية بنجشير، روسيا اليوم، 24 أغسطس 2021،
https://bit.ly/3n0QRcJ

13.   "ذبيح الله مجاهد: طالبان لا تنوي التمدد نحو حدود روسيا"، روسيا اليوم، 27 أغسطس
2021، https://bit.ly/3h3zPae

وفي ظل علاقات جيدة مع إيران، حرصت طالبان على طمأنة الجمهورية الإسلامية بخصوص دبلوماسييها حينما سيطرت على مدينة هيرات الاستراتيجية قبل دخولها كابل، حيث نقلت صحيفة "همشهري" الحكومية الإيرانية عن ذبيح الله مجاهد قوله، في 13 أغسطس 2021، إن "دبلوماسيين من دول أجنبية، بما في ذلك إيران سيكونون في أمان تام"، وأن "دبلوماسيي إيران في هرات (غربي أفغانستان) وأماكن أخرى يتمتعون بالأمن ولا علاقة لأحد بهم، ونحن أعطينا الأولوية لأمنهم، وعلى علم بهم"[14].

وبرغم أنه من السابق لأوانه الحكم على مدى التزام حركة طالبان هذه المبادئ، لا سيما وأن الحركة قد اتخذت بعض القرارات العملية فيما يتعلق بالمرأة التي قد تتناقض مع هذه المبادئ، فإنه من الواضح أن هناك اتفاقاً -ولو ضمنياً - يسود المجتمع الدولي على إتاحة الفرصة للحركة، حيث مازال العالم ينتظر منها خطوات عملية تعكس هذه المبادئ وتترجمها على أرض الواقع. وعلى أي حال، فإن مجرد إعلان الحركة عن تلك المبادئ والبدء في وضع أسس الدولة يعكس تغيراً، بدرجة أو بأخرى، في طبيعتها، وهو ما قد يوحي بأنها قد تعلمت دروساً

<hr>

14.   "طالبان ترد على إيران: الدبلوماسيون في أفغانستان آمنون"، العين الإخبارية، 13 أغسطس 2021، https://bit.ly/3h0sW9h

عدة من تجربتها الماضية، أبرزها أن إدارة الدولة تختلف كثيراً عن إدارة الحركة، وأنه ينبغي لها التزام الكثير من المعايير حتى تكسب ثقة محيطيها الإقليمي والدولي.

ثانياً: تأثير صعود حركة طالبان على الوضعين الإقليمي والدولي

لا شك في أن سيطرة حركة طالبان على أفغانستان ستترتب عليها مجموعة من التأثيرات الإقليمية والدولية، أبرزها ما يلي:

1- تنامي نفوذ بعض القوى الإقليمية:

برغم القلق الإقليمي من عودة حركة طالبان وسيطرتها على أفغانستان، فإن الدول الإقليمية المحيطة بها وجدت أن هذه العودة قد تحقق مصالحها، ومن ثم كانت هناك حالة من القبول الضمني بين هذه الدول لعودة الحركة، خاصة مع وعودها بالعمل على تحقيق الاستقرار في البلاد وعدم التدخل في شؤون الدول المجاورة.

في هذا الإطار، قد تؤدي عودة طالبان إلى تنامي نفوذ بعض الدول الإقليمية بفعل تنامي قدرة هذه الدول على تحقيق مصالح حيوية لها، وهو أمر قد تقبل به الحركة في إطار رغبتها في الانفتاح على محيطها

الإقليمي وفي إقامة علاقات جوار تقوم على المصالح المشتركة والمنافع المتبادلة.

وتعد **باكستان** إحدى الدول المستفيدة من عودة طالبان ومن عودة الاستقرار إلى الجارة أفغانستان، خاصة في ظل تشاركهما في حدود يبلغ طولها 2400 كم، ووجود نحو 1.4 مليون لاجئ أفغاني في باكستان ترغب إسلام آباد في إعادتهم إلى بلادهم إذا ما استقرت الأوضاع وتمكنت طالبان من إدارة البلاد بطريقة سليمة تضمن العيش فيها بسلام، إضافةً إلى أن باكستان ترتبط بعلاقات وثيقة مع حركة طالبان، التي ظهرت بالأساس في شمال باكستان في بداية تسعينيات القرن الماضي، وقد تلقى الكثير من الأفغان الذين انضموا في البداية إلى الحركة تعليمهم في المدارس الدينية الباكستانية[15].

وهناك اعتقاد بأن باكستان تستطيع تحقيق مجموعة من المكاسب الإقليمية التي تساعد على تنامي نفوذها في المنطقة، بعد عودة طالبان إلى أفغانستان؛ ومن أهم هذه المكاسب ما يلي:

---

15 .   بابلو أوجوا، أفغانستان تحت حكم طالبان: من المستفيد ومن المتضرر؟ بي بي سي، 3 سبتمبر 2021، https://bbc.in/3lQBpPx

- الاستفادة من التراجع المرجح لنفوذ الهند في أفغانستان في ظل توتر العلاقات بين نيودلهي وحركة طالبان، والدفع نحو التخلص من أي وجود هندي في أفغانستان، فلطالما انزعجت إسلام آباد من وجود قنصليات هندية في مدن مثل جلال أباد وقندهار الأفغانية، كانت تمثل- حسب وجهة نظر باكستانية- "الرعاة الرئيسيين للعناصر المناهضة لباكستان، مثل جماعة طالبان باكستان في الشمال ومختلف الجماعات المتمردة البلوشية في الجنوب"[16].

- السعي إلى إقناع حركة طالبان بمنع الهجمات التي تشنها جماعة "طالبان باكستان" على إسلام آباد من ملاذاتها الآمنة داخل الأراضي الأفغانية، فهذه الجماعة مسؤولة عن قتل عشرات الآلاف من الباكستانيين، وازدادت جرأتها ونشاطها في الآونة الأخيرة[17].

- إعادة بناء نفوذ باكستان في أفغانستان، وذلك من خلال التعاون التجاري والاقتصادي بين البلدين، ولاسيما أن معظم تجارة أفغانستان تتم عبر باكستان. وقيام إسلام آباد بإنشاء "جسر

---

16.   المصدر السابق.

17.   سيطرة طالبان.. نعمة أم نقمة لمحيط أفغانستان الإقليمي؟، دويتشه فيله، 22 أغسطس
2021، https://bit.ly/3kVQWf2

اقتصادي" مع جمهوريات آسيا الوسطى عبر أفغانستان؛ ما يساعد على ربط البلاد باقتصاد المنطقة الأوسع[18].

- إقناع حركة طالبان بانضمام كابل إلى مشروع الممر الاقتصادي الصيني الباكستاني الضخم الذي يضم مشاريع بنى تحتية بقيمة 62 مليار دولار ضمن مبادرة "الحزام والطريق"[19].

وتعتبر إيران كذلك إحدى الدول التي يمكن أن تستفيد من عودة طالبان إلى أفغانستان، فبرغم الخلافات الأيديولوجية الشديدة بين الجانبين؛ فإن البراجماتية التي تتبناها طهران ورغبة طالبان في الانفتاح ومواجهة أي محاولات لعزلها قد تجعل الطرفين يتقاربان على قاعدة المصالح المشتركة. وهناك بعض المقومات لحدوث هذا التقارب؛ من بينها شعور طهران بالراحة بعد خروج القوات الأمريكية من أفغانستان، ووجود أقلية شيعية في أفغانستان قد يكون لها وزن نسبي وسط التيار السني الغالب، ومن ثم قد تسعى طهران إلى توظيف هذه الأقلية وتحويلها إلى قاعدة استراتيجية لها هناك[20].

---

18. بابلو أوجوا، أفغانستان تحت حكم طالبان: من المستفيد ومن المتضرر؟، مصدر سابق.

19. سيطرة طالبان.. نعمة أم نقمة لمحيط أفغانستان الإقليمي؟، مصدر سابق.

20. انعكاسات صعود حركة "طالبان" على الشرق الأوسط، مركز المستقبل للأبحاث والدراسات المتقدمة، 22 أغسطس 2021، https://bit.ly/3prBqf1

إلى جانب ذلك ستسعى إيران إلى استغلال العلاقات التي نسجتها مع حركة طالبان من أجل تحقيق بعض المكاسب الأخرى، فقد استضافت إيران خلال سنوات ماضية قادة طالبان وقدمت لهم السلاح والدعم المالي، مقابل تساهل الحركة مع الشيعة الأفغان، ولاسيما أقلية الهزارة، وستكون إيران مهتمة على الأرجح بالحصول على بعض الطائرات المُسيَّرة (الدرون) والصواريخ وأنظمة الأسلحة الأخرى التي خلفتها الولايات المتحدة أو التي أصبحت الآن في أيدي طالبان؛ لاستخدامها في برامج التصنيع الدفاعية الخاصة بها وتحليلها، كما أنها ستعمل على عودة اللاجئين الأفغان الذين تستضيفهم إلى بلادهم حال تحقيق الاستقرار؛ ما يزيح عن كاهلها عبء نحو 780 ألف لاجئ وطالب لجوء أفغاني، وفقاً لمفوضية اللاجئين التابعة للأمم المتحدة[21].

كما تبرز **تركيا** بصفتها إحدى الدول الإقليمية التي يمكن أن يتنامى نفوذها في المنطقة جراء علاقاتها مع حركة طالبان، إذ تبادل الجانبان عبارات الود والرغبة في التعاون.

في هذا الإطار، قال المتحدث باسم حركة "طالبان" الأفغانية، ذبيح الله مجاهد، في حوار مع قناة "تي أر تي" التركية في 29 أغسطس 2021: "تركيا

---

21.   بابلو أوجوا، أفغانستان تحت حكم طالبان: من المستفيد ومن المتضرر؟، مصدر سابق.

بلد مهم بالنسبة لنا، ولدى أفغانستان علاقات تاريخية قديمة مع تركيا تريد الحفاظ عليها، وتريد تمتينها أكثر"، وأضاف: "يجب أن نصل بهذه العلاقات إلى ثقة كاملة متبادلة، ولدى شعبَي تركيا وأفغانستان مشتركات عقدية وثقافية ودينية، ونحن نرغب في توطيد العلاقة والتقارب أكثر مع الحكومة التركية والشعب التركي"، وأردف: نحن "بحاجة مستمرة لمساعدات الأتراك والحكومة التركية وإلى تجاربهم، سنطلب منهم استمرار التعاون وسنستفيد من تجاربهم في مجالات عدة"، وأعلن عن احتمال أن تستعين حركته بالخبرة الفنية التركية للمساعدة على إدارة مطار العاصمة كابل.[22]

في المقابل، رحب الرئيس التركي رجب طيب أردوغان بما عدَّها مواقف معتدلة من حركة طالبان، مجدداً استعداده للقاء قادة الحركة في تركيا، وأكد خلال لقاء تلفزيوني في 11 أغسطس 2021 أنه ربما يستقبل زعيم حركة طالبان في الفترة القادمة، وفي سياق آخر أكد الرئيس التركي استمرار مساعي تولي القوات التركية تأمين مطار كابل، مشيراً إلى وجود محادثات بهذا الخصوص مع جميع الأطراف المعنية. وقد جاء ذلك بعدما كانت أنقرة قد ألمحت أنها قد تتخلى عن هذا الهدف وتسحب قواتها من المطار.

---

22.   "طالبان": يمكن الاستعانة بالخبرة الفنية التركية في إدارة مطار كابول، وكالة الأناضول، 29 أغسطس 2021، https://bit.ly/3n32XBY

ويشير محللون إلى أن تركيا مؤهلة في ظل حاجة حركة طالبان إلى استمرار المعونات الدولية، كي تضع نفسها في وضعية "الضامن أو الوسيط أو الجهة الميسرة للأمور"، ويعدُّون أن تعميق العلاقات مع الحركة سيتيح للرئيس أردوغان "توسيع رقعة الشطرنج" الخاصة بسياسته الخارجية أيضاً، واللعب بطريقة تروق للقاعدة الشعبية المؤيدة لحزبه، حزب العدالة والتنمية، خاصة وأن أنصار هذا الحزب "يعدُّون تركيا بلداً له قيمة واضحة؛ أي وضعاً استثنائياً داخل العالم الإسلامي، قائماً على ماضي تركيا وتراثها العثماني بصفتها كانت مقر الخلافة"[23].

إلى جانب ذلك تستطيع تركيا أن تكون شريكاً رئيسياً في عملية إعادة إعمار أفغانستان، وهو ما أعلنته صراحة حركة طالبان، حين وصف سهيل شاهين، المتحدث باسم حركة طالبان، في مقابلة مع قناة "CGTN" الصينية، الصين وتركيا بالشريكتين الرئيسيتين للحركة في عملية إعادة إعمار أفغانستان بعد الحرب، وهو ما يفتح المجال أمام الشركات التركية للمشاركة في هذه العملية التي ستتكلف مليارات الدولارات، وهو ما سينعكس إيجابياً على الاقتصاد التركي الذي عانى كثيراً في السنتين الماضيتين.

---

23. توم بيتمان، قطر وتركيا تمثلان حبل نجاة لحركة طالبان وحلقة وصل لها بالعالم الخارجي، بي بي سي، 2 سبتمبر 2021، https://bbc.in/3BGry3N

وتعد **قطر** أيضاً ضمن الدول التي يمكن أن تمتلك نفوذاً في أفغانستان، بالنظر إلى العلاقات الوثيقة التي نسجتها مع حركة طالبان في السنوات الأخيرة، حيث استضافت الدوحة الكثير من قادة الحركة، واستضافتها مكتب الحركة الذي كان يدير المفاوضات مع الولايات المتحدة، إضافة إلى أنها أسهمت في تسهيل هذه المفاوضات مرات عدة كما كانت حاضرة في اتفاق الجانبين بشأن انسحاب القوات الأمريكية من أفغانستان.

وبحسب محللين، فإن قطر ستحقق الكثير من المكاسب جراء عودة طالبان إلى أفغانستان؛ فـ "أفغانستان وطالبان ستمثلان انتصاراً كبيراً (لقطر)، ليس لأنهما تثبتان بأن القطريين قادرون على التوسط مع طالبان فحسب، وإنما لأن ذلك يجعلهم أيضاً لاعباً جدياً بالنسبة إلى الدول الغربية المنخرطة في الأمر"[24]. ويوضح آخرون أن "قطر اكتسبت سمعة وسيط نزيه على استعداد لمساعدة الأطراف المتحاربة على إيجاد طريقة لإنهاء النزاع"، وأنها "حصلت على اعتراف متنامٍ بأن الدوحة هي المكان المناسب للتوصل إلى اتفاق. وقد أصبحت بمنزلة جنيف الشرق الأوسط، حيث يمكن للأطراف المتحاربة الاجتماع على أرض محايدة" للتوصل إلى اتفاق"[25].

---

24.   المصدر السابق.

25.   قطر تجني مكاسب دبلوماسية من صلاتها الوثيقة بطالبان، ميدل إيست أونلاين، 5 سبتمبر 2021، https://bit.ly/3jLHICR

إلى جانب ذلك، عدَّ الكاتب الفرنسي جورج مارل برونو أن الانسحاب الأمريكي من أفغانستان قدم دوراً غير متوقع لقطر، الإمارة الخليجية الصغيرة، من أجل تعزيز مكانتها على الساحة الدولية، في ظل الدور الذي لعبته في عمليات الإجلاء، حيث إنها كانت مفتاح الخروج من أفغانستان، بعد أن مر 40% من الذين تم إجلاؤهم (أفغاناً وأجانب) عبر الدوحة[26].

من جهة أخرى، من المرجح أن تكتسب قطراً نفوذاً في أي حكومة أفغانية مقبلة، في ظل التوقعات التي تتحدث عن ترشيح الملا عبدالغني برادار، رئيس المكتب السياسي للحركة، الرجل الثاني في الحركة، لرئاسة الحكومة الأفغانية الجديدة، فيما أشارت تقارير إلى أن برادار ربما سيكون الرئيس القادم لما أطلقت عليه طالبان "إمارة أفغانستان الإسلامية"، برغم أن أخوند زاده، هو القائد الأعلى الحركة[27]. وعاش برادار في قطر فترة أدار خلالها المفاوضات مع الولايات المتحدة ووقع اتفاقية انسحاب القوات الأمريكية من أفغانستان، وعاد منها إلى كابل بعد سيطرة طالبان عليها.

---

26. صحيفة لوفيغارو: قطر الوسيط الأساسي للغرب مع حركة طالبان، مونت كارلو، 4 سبتمبر 2021، https://bit.ly/3n5jmG5.

27. Who is Abdul Ghani Baradar, CNBC, Aug 17, 2021, https://bit.ly/3yMh94H

2-التأثير في توازنات وعلاقات القوى الدولية في المنطقة:

تتيح عودة حركة طالبان إلى أفغانستان وخروج القوات الأمريكية من البلاد فرصة كبيرة لبعض القوى الدولية، وخاصة الصين وروسيا، لتعزيز نفوذها في هذه الدولة وفي المنطقة عموماً. وبرغم وجود بعض المخاوف لدى هذه الدول من إمكانية تنامي حركات التطرف والتشدد التي تواجهها بعد نجاح طالبان، فإنه من المؤكد أن تلك الدول لن تمتنع عن التعامل مع الحركة في محاولة لتحقيق الكثير من المكاسب الأمنية والاستراتيجية والاقتصادية بما يعزز نفوذها على المستويين الإقليمي والدولي، وليس أدلّ على ذلك من أن بكين وموسكو قد تركتا سفارتيهما مفتوحتين في كابل.

وفي هذا الصدد، ستسعى الصين إلى الانخراط مع حركة طالبان من أجل تحقيق هدفين رئيسيين؛ الأول: يتعلق بتجنب أي تأثير لصعود الحركة على أقلية الإيجور المسلمة في إقليم شينجيانغ، إذ لا تريد بكين أن ينفذ إليها تأثير التيار الإسلامي السُني، خاصة لتلك الأقلية التي حاولت بكين إدارة ملفها بطريقتها الخاصة[28].

28.	انعكاسات صعود حركة "طالبان" على الشرق الأوسط، مصدر سابق.

وتشعر الصين بالقلق من إمكانية استخدام أفغانستان كملاذ آمن لأعضاء هذه الأقلية، ويبدو هذا القلق الصيني واضحاً في ظل ما كشفته الباحثة، وانغ يانينغ، المحاضرة في أكاديمية قوات الشرطة المسلحة الصينية، في ورقة بحثية بعد إطاحة الولايات المتحدة حكم طالبان في عام 2001، من أنه قد دُرِّب أكثر من 400 "انفصالي" من شينجيانغ على الأسلحة الخفيفة والثقيلة والعبوات الناسفة في معسكرات تدريب لطالبان[29]. وتتبع هذه العناصر "حركة شرق تركستان الإسلامية" التي كانت ترمي إلى إنشاء دولة مستقلة تسمى بـ "تركستان الشرقية" في إقليم شينجيانغ.

وفي ظل إشارة بعض الخبراء إلى أن هناك مسلحين من "حركة شرق تركستان الإسلامية" في أفغانستان"[30]، يمكن تفسير طلب وزير الخارجية الصيني، وانغ يي، من كبار قادة حركة طالبان حين استضافهم خلال شهر أغسطس الماضي، بقطع العلاقة مع هذه الحركة التي ترى فيها تهديداً لها.

---

29. Eva Dou and Rebecca Tan, China faces threat in volatile borderlands after Afghanistan falls to the Taliban, The Washington Post, August 17, 2021, https://wapo.st/2WUdioS

30. سيطرة طالبان.. نعمة أم نقمة لمحيط أفغانستان الإقليمي؟ مصدر سابق.

أما الهدف الثاني: الذي تسعى الصين إلى تحقيقه من وراء انخراطها مع حركة طالبان فهو المصالح الاقتصادية، حيث تمتلك أفغانستان ثروة معدنيَّة تضم معادن نادرة تدخل في صناعة الشرائح الدقيقة وغيرها من التقنيات المتطورة، وترغب بكين في الاستفادة منها بشكل كبير. وقد قدرت قيمة هذه الثروة في عام 2010 قرابة تريليون دولار، وتشمل خامات الحديد والنحاس والليثيوم والكوبالت ومعادن أخرى، وارتفعت قيمة هذه المعادن بشكل كبير على واقع التحول والتوجه العالمي صوب الطاقة النظيفة. وفي عام 2017 قال تقرير صادر عن الحكومة الأفغانية إن الاكتشافات المعدنية الجديدة في العاصمة كابل بما في ذلك الوقود الأحفوري تصل قيمتها إلى نحو ثلاثة تريليونات دولار[31].

على ضوء ذلك، فمن المرجح أن تقود الصين السباق لمساعدة أفغانستان في بناء نظام تعدين فعال لتلبية احتياجاتها الكبيرة من المعادن، ولاسيما أن سيطرة طالبان على أفغانستان تزامنت مع نشوب أزمة في المعروض من المعادن النادرة التي تحتاجها الصين والتي تدخل في صناعة الشرائح الدقيقة وغيرها من التقنيات المتطورة. وقد ذكرت

---

31.   أفغانستان . ثروات معدنية ضخمة بيد طالبان تركها الغرب هدية للصين، دويتشه فيله، 20 أغسطس 2021، https://bit.ly/3h5ynEh

صحيفة "جلوبال تايمز" الصينية في 24 أغسطس 2021 أن الشركات الصينية تتوق إلى الاستفادة من سوق "تفتقر إلى آلاف الأشياء".

إضافة إلى هذه الثروة المعدنيَّة الضخمة، ستعمل الصين أيضاً على ضم أفغانستان إلى مشروع "الحزام والطريق" الذي تستهدف من خلاله ربط آسيا بأفريقيا وأوروبا من خلال شبكات برية وبحرية تمتد عبر 60 دولة بما يضمن حصولها على الموارد الطبيعية التي تحتاج إليها. وكجزء من المشروع تستهدف بكين موافقة أفغانستان على تمديد الممر الاقتصادي الصيني الباكستاني، الذي يضم عدداً من مشاريع البنى التحتية بقيمة 62 مليار دولار، ويهدف لإنشاء طريق بري يربط بين مدينة كاشغر الصينية وميناء كوادر الباكستاني، وسيكون انضمام أفغانستان إلى هذا الممر من خلال تشييد طريق رئيسي بين كابل ومدينة بيشاور شمال غربي باكستان؛ وهو ما سيمنح الصين موطئ قدم استراتيجياً في المنطقة للتجارة مع الدولة التي تمثل محوراً مركزياً يربط الشرق الأوسط وآسيا الوسطى وأوروبا[32].

وتبدو **روسيا** أيضاً مرشحة لتنامي نفوذها في أفغانستان في ظل رغبتها في التعامل مع حركة طالبان؛ فمن منظور استراتيجي ترى موسكو أن

32.   الصين تسعى لسد فراغ أميركا في أفغانستان باستثمارات عملاقة، سكاي نيوز عربية، 6 يوليو 2021، https://bit.ly/3jltYIV

انسحاب الولايات المتحدة من آسيا الوسطى يقلل من نفوذ واشنطن في منطقة تعدُّها روسيا مجال نفوذها، وهو ما أكده أركادي دوبنوف، المحلل السياسي في موسكو، قائلاً: "ما هو جيد بالنسبة لنا هو سيئ للأمريكيين، وما هو سيئ لنا هو جيد للأمريكيين. واليوم الوضع سيئ بالنسبة إلى الأمريكيين؛ لذا فهو جيد بالنسبة إلينا"[33]. ومن ثم ستسعى موسكو لتعزيز نفوذها في هذه المنطقة المهمة لها والتي تُعدُّ فناءً خلفياً لها ينبغي أن يشهد استقراراً حتى لا يكون مصدراً للتهديد كما كان خلال العقود السابقة.

وفي هذا الإطار وبرغم أن العلاقات التاريخية بين روسيا وطالبان قد شابتها الكثير من القلاقل والنزاعات، وبرغم أن موسكو تصنف الحركة كمنظمة إرهابية، فإن ذلك لم يمنع الطرفين من التقارب في الآونة الأخيرة، حيث أقاما "حواراً" ورعت موسكو "محادثات سلام"، فبعد وصول طالبان إلى العاصمة الأفغانية، أشاد السفير الروسي، دميتري جيرنوف، بسلوك الحركة، وقال إنها: "جعلت كابل أكثر أماناً... والوضع هناك تحت حكم طالبان أفضل مما كان عليه في عهد (الرئيس) أشرف غني"[34].

---

33.   بابلو أوجوا، أفغانستان تحت حكم طالبان: من المستفيد ومن المتضرر؟، مصدر سابق.

34.   الصين وروسيا بعد سيطرة طالبان.. "مصالح أمنية واقتصادية" و"اهتمام خاص" لبكين، الحرة، 18 أغسطس 2021، https://arbne.ws/3h8hJUh

وترغب روسيا في منع انتقال حالة عدم الاستقرار إلى الدول التي تقع شمال أفغانستان (تركمنستان، أوزبكستان، طاجيكستان) وهي دول كانت جزءاً من الاتحاد السوفيتي السابق وتعدُّها موسكو ساحة خلفية خاصة بها، كما أنها تمثل حاجزاً بين روسيا وأفغانستان؛ ومن ثم فلدى روسيا مصلحة في استقرار هذه الدول ومنع أي تهديدات ضدها تنطلق من الأراضي الأفغانية[35].

إلى جانب ذلك ترغب روسيا في ألا تصبح أفغانستان ملاذاً آمناً للجماعات المتطرفة والإرهابية من منطقة القوقاز، ولاسيما تنظيم "داعش"، أعداء كل من روسيا وطالبان؛ لذلك أدركت موسكو قوة طالبان وسارعت إلى التعامل معها، حتى قبل بدء القوات الأمريكية الانسحاب من أفغانستان. وقال فيودور لوكيانوف، محرر مجلة روسيا للشؤون العالمية، إن موسكو ستواصل "سياستها المزدوجة" بشأن أفغانستان؛ فمن ناحيةٍ تسعى موسكو إلى التواصل مع طالبان لضمان منع أي تهديدات لأمنها، ومن ناحيةٍ أخرى هناك زيادة في عدد القوات الروسية في طاجيكستان، بالإضافة إلى التعاون العسكري المكثف مع طاجيكستان وأفغانستان لمنع "المتطرفين" من القدوم إلى تلك البلدان عبر الأراضي الأفغانية[36].

---

35.   المصدر السابق.

36.   بابلو أوجوا، أفغانستان تحت حكم طالبان: من المستفيد ومن المتضرر؟ مصدر سابق.

برغم المبادئ التي سبق الحديث عنها في المحور الأول والتي تشير في مجملها إلى أن حركة طالبان ربما تعلمت دروساً من التجربة التي خاضتها طيلة عقدين من الزمن، فإن المرجح أن يؤدي صعود الحركة وعودتها لحكم أفغانستان إلى حدوث مجموعة من التأثيرات على حركات التطرف والإرهاب في مختلف أرجاء العالم، ولاسيما أنه ينظر إلى طالبان على أنها حركة متشددة خاضت صراعاً ضد القوة العظمى الوحيدة في العالم واستطاعت أن تنتصر عليها وأن تجبرها على القبول بعودتها مرة أخرى إلى السلطة. وفي هذا المحور سنتناول بالتفصيل التأثيرات المتوقعة لصعود الحركة على التنظيمات المتطرفة عموماً، وعلى التنظيمات المتطرفة في أفريقيا على وجه الخصوص.

أولاً: المحددات الحاكمة لموقف حركة طالبان من التنظيمات المتطرفة

هناك مجموعة من المحددات الرئيسية التي تحكم موقف حركة طالبان من التنظيمات المتطرفة والإرهابية، حيث سترسم هذه المحددات الرئيسية ملامح العلاقة بين الجانبين في المرحلة المقبلة، وهي كالتالي:

1-المحدد الأيديولوجي:

تتشابه الأسس الأيديولوجية الفكرية لحركة طالبان كثيراً مع تلك التي تستند إليها التنظيمات الإسلاموية بشكل عام، والأكثر تطرفاً منها بصورة

خاصة مثل تنظيم القاعدة؛ فطالبان جماعة دينية سنية متشددة تقوم رؤيتها الأيديولوجية على مجموعة من الأسس منها[37]:

- إقامة الحكومة الإسلامية على نهج الخلافة الراشدة، ولذا تسمى الدولة باسم "إمارة أفغانستان الإسلامية" وتطلق على زعيم الحركة "أمير المؤمنين".

- الإسلام دين الشعب والحكومة جميعاً.

- قانون الدولة مستمد من الشريعة الإسلامية.

وهذه الرؤية الأيديولوجية هي نفسها التي تتبناها تنظيمات مثل القاعدة وداعش، مع اختلاف زاوية تحقيقها، ولهذا السبب كان التحالف بين تنظيم القاعدة بقيادة أسامة بن لادن وحركة طالبان في المرحلة الأولى من حكم الحركة لأفغانستان (1996-2001) قوياً؛ لأنه كان مستنداً إلى أساس أيديولوجي مشترك، وهو التحالف الذي دفعت طالبان ثمنه غالياً بإسقاطها من الحكم بعد التدخل العسكري الأمريكي عقب هجمات 11 سبتمبر ورفض الحركة تسليم أسامة بن لادن وفك ارتباطها بتنظيم القاعدة.

---

37. محمد المحمود، "طالبان.. الواقع والمتوقع"، مصدر سابق.

ويفسر هذا الطابع الأيديولوجي أيضاً طبيعة الصراع القائم بين تنظيم داعش الإرهابي وحركة طالبان التي تختلف أيديولوجيا وفكرياً عن داعش؛ فهذا الأخير هو تنظيم توسعي وعابر للحدود، بينما طالبان حركة إقليمية ليس لها أي نشاطات خارج حدود أفغانستان والمناطق القبلية للبشتون. وينظر تنظيم داعش إلى العالم أجمع كعدو، ما "لم يؤمن ويحكم بكتاب الله وسنة رسوله"، فيما تركز الحركة على مناطق وجغرافيا معينة، مثل باكستان وأفغانستان؛ فهي ذات توجه قبلي منذ نشأتها[38]. وقد استنكر قادة داعش في أفغانستان سيطرة طالبان على البلاد، وانتقدوا نسختهم من الحكم ووصفوها بأنها غير متشددة بما فيه الكفاية، حيث تقاتلت الجماعتان في السنوات الأخيرة. ودفعت هذه الاختلافات بين الجانبين الرئيس الأمريكي جو بايدن إلى وصف تنظيم داعش- خراسان بـ"العدو اللدود لطالبان"[39].

وبرغم علاقات التحالف السابقة التي جمعت طالبان بتنظيم القاعدة، فإن ثمة خلافات بين الجانبين، حيث تختلف أولويات طالبان عن أولويات تنظيم القاعدة على الرغم من وجود بعض القواسم العقائدية

---

38. "طالبان: ما هي أوجه الشبه والاختلاف بين الحركة وتنظيم الدولة الإسلامية؟"، مصدر سابق

39. "شبكة حقاني وداعش-خراسان والقاعدة.. مجموعات إرهابية "تهدد" أمن أفغانستان"، الحرة، 26 أغسطس 2021، https://cutt.us/mp7Ub

والأيديولوجية بينهما؛ فالأولى تركز على ممارسة السلطة والحكم داخل أفغانستان وفق رؤيتها للشريعة الإسلامية، بينما يُعد تنظيم القاعدة منظمة جهادية عابرة لحدود الدول، حيث لا يعترف بمبدأ الحدود الوطنية، ولكن هذا لا يمنع العودة للتحالف بين الجانبين كما حدث قبل عام 2001.

ويعني ذلك أن البعد الأيديولوجي لن يحدد وحده مسار سياسات طالبان في المرحلة المقبلة، بل إن طبيعة علاقاتها بالتنظيمات الإرهابية المختلفة ستحدد مسارها أيضاً، ولاسيما تنظيمي القاعدة وداعش، وطبيعة النظرة الأمريكية والغربية لها، والتي قد تتغير من النظر إليها باعتبارها حركة داعمة للإرهاب إلى حليف محتمل في مواجهة تنظيم داعش الإرهابي.

2-المحدد البراجماتي[40]:

يشير هذا المحدد بصورة خاصة إلى أمرين: الأول هو مدى استيعاب طالبان دروس تجربتها الأولى في الحكم، حيث إن دعم الإرهاب في السابق كلفها ثمناً باهظاً، إذ أُطيح بحكمها في عام 2001. والثاني هو قدرة الحركة على قراءة الواقع وتحدياته بشكل صحيح؛ فهي قد انتقلت من المعارضة والتمرد إلى موقع السلطة والحكم؛ فهل ستتصرف كسلطة مسؤولة تعمل

---

40. انظر في هذا الصدد، د. حسنين توفيق إبراهيم، هل ستتحول أفغانستان في ظل سيطرة طالبان إلى قاعدة للإرهاب مرة أخرى؟ مصدر سابق.

من أجل إعادة بناء الدولة الأفغانية، والحصول على الاعتراف الدولي أم ستسلك نهج تفضيل التعامل مع التنظيمات الإرهابية المسلحة وليس الدول والحكومات، وهو أمر ستكون له تداعيات سلبية كبيرة عليها؟

وتشير المواقف الأولية التي تبنتها حركة طالبان إلى أنها ربما استوعبت بالفعل دروس الماضي؛ ففي أعقاب سيطرتها على أفغانستان بدأت الحركة في طرح رؤى وتوجهات مختلفة إلى حد ما عن التوجهات والرؤى التي طبقتها أثناء حكمها لأفغانستان بين عامي 1996 و2001؛ ففي أول مؤتمر صحفي عقده الناطق باسم طالبان ذبيح الله مجاهد في 17 أغسطس 2021 أشار إلى عدة أمور، منها: أن طالبان لن تقوم بتصفية حسابات مع أي أطراف في أفغانستان، وأن أراضي أفغانستان لن تُستخدم من أجل إلحاق الضرر بالآخرين. كما أشار إلى صدور قرار بعفو عام يشمل الجميع، بما في ذلك المواطنون الذين عارضوا طالبان، والجنود الذين انخرطوا في الحرب ضدها، وكذلك الذين تعاونوا مع الحكومة الأمريكية، مثل المترجمين وغيرهم. كما أكد على أن السفارات والبعثات الدبلوماسية مؤمَّنة، وطمأن ممثلي البعثات الدبلوماسية بأنهم لن يتعرضوا لأذى. وبخصوص وضع المرأة أشار إلى أن حقوق المرأة ستكون محفوظة وفق الشريعة الإسلامية، وأنه سيكون هناك حضور نشط للمرأة الأفغانية في عديد من المجالات. كما أكد على أن الحكومة الجديدة ستعمل على خدمة مصالح الناس، ولن تسمح لأي جهة بإثارة النعرات الإثنية؛ وبالإضافة إلى

هذا، ناشد المجتمع الدولي بتقديم المساعدة لأفغانستان من خلال الاستثمارات وتقديم المساعدات المادية، وذلك حتى تتمكن البلاد من الحصول على دخل إضافي لإنهاء تجارة وزراعة المخدرات.

وبرغم ذلك، مايزال الوقت مبكراً للحكم على طالبان في نسختها الجديدة، فقد تكون هذه الإجراءات تكتيكية للحصول على الاعتراف الدولي وتقليل المخاوف الداخلية والخارجية بشأن توجهاتها حتى يستتب لها الأمر لتعود من جديد إلى تغليب النهج العقائدي الأيديولوجي المتشدد الذي كانت تتبناه في السابق.

3-المحدد الخارجي:

يرتبط هذا المحدد بطبيعة المواقف الإقليمية والدولية من سيطرة طالبان على أفغانستان ونمط حكمها المستقبلي. فقد قبلت دول عديدة، وبخاصة في دائرة الجوار الإقليمي لأفغانستان، بشكل صريح أو ضمني حقيقة سيطرة طالبان على البلاد. ويمثل هذا مكسباً سياسياً للحركة، لاسيما وأن دولاً عديدة مهمة ومؤثرة، مثل روسيا والصين وتركيا وإيران وباكستان، لم تخفِ استعدادها للتعامل مع طالبان وهي في السلطة. كما صرح وزير خارجية الاتحاد الأوروبي جوزيب بوريل بأن "طالبان ربحت الحرب في أفغانستان. إذن، علينا أن نتحدث إليهم".

وتبدو الدول المعنية بالشأن الأفغاني، وبخاصة تلك المجاورة لأفغانستان، حريصة على وجود حالة من الاستقرار السياسي والأمني في هذا البلد الذي مزقته الحروب والصراعات، وألا يتحول مجدداً إلى مصدر لدعم وتشجيع التنظيمات المتشددة في بعض هذه الدول، ناهيك عن تحجيم ظاهرة تهريب المخدرات من أفغانستان إلى الدول المعنية. وهناك دول عديدة ماتزال في حالة ترقب لأفعال طالبان، وعلى ضوء ذلك ستحدد موقفها بشأن الاعتراف بالحركة من عدمه. ويمكن في هذا المقام توظيف مسألة الاعتراف لفرض نوع من الضغوط على الحركة، بحيث تتبنى المزيد من السياسات المعتدلة[41]. وتمثل المواقف الإقليمية والدولية من حركة طالبان محدداً مهماً لسلوكها؛ فإذا توجهت نحو رعاية تنظيم القاعدة أو غيره من جديد فستضع نفسها في صدام مع أطراف إقليمية ودولية عديدة.

ثانياً: تأثير صعود حركة طالبان على التنظيمات المتطرفة

بالرغم من أن حركة طالبان قد تعهدت بألا تسمح لأي جهة إرهابية باستخدام أراضي أفغانستان للعمل ضد دول أخرى؛ فإن ذلك لا يمنع أبداً من أن يشكل نجاح الحركة في العودة إلى الحكم وخروج القوات

---

41. المصدر السابق.

الأمريكية مصدر إلهام لحركات التطرف والإرهاب. ومع تأكيد أن هذا الإلهام لا يعني بالضرورة قدرة هذه الحركات على تكرار التجربة الطالبانية في دول وأماكن أخرى، إلا أنه قد يعني تشجيعاً هائلاً لها كي تستمر في العمل من أجل تحقيق أهدافها عبر شن مزيد من الهجمات الإرهابية في عددٍ من المناطق حول العالم.

وكان يقال في الأدبيات، قبل الانسحاب الأمريكي من أفغانستان، إن على بايدن أن يختار بين انسحاب أمريكي كامل قد يطلق العنان للفوضى وتقويض الدولة الأفغانية، أو الاحتفاظ بوجود يضمن عدم وقوع أفغانستان في براثن الحرب الأهلية، والحيلولة دون أن تصبح مركزاً للإرهاب العابر للحدود[42]. وقد اختار بايدن انسحاباً جعل حركة طالبان تفرض سيطرتها على أفغانستان؛ ما مثل "انتصاراً للإسلام الحركي"، فعودة الحركة لحكم أفغانستان يبدو أنه سيعيد للجماعات والتنظيمات الجهادية والمتطرفة الأمل الذي سلبته منها هزيمة "داعش" في العراق وسوريا" وأفول نجم الإخوان في العالم العربي بعد النتائج الكارثية لفترة صعودهم في الفترة ما بين 2011 و2013 (ما يسمي بالربيع العربي)[43].

---

42. رضوان بوهيدل، جيوسياسية التنافس الدولي على منطقة الساحل الأفريقي (عَمان، مركز الكتاب الأكاديمي، 2020) ص ص 100-127.

43. هل تصبح طالبان "مدرسة" للجماعات المتطرفة في الساحل الأفريقي؟ مسائية دي دبليو، https://www.youtube.com/watch?v=vQFkC9Lf6IY

وقد حذر بعض الباحثين مبكراً من الانسحاب الأمريكي من أفغانستان، حين أشار في إبريل الماضي إلى أن طالبان بإجبارها القوات الأمريكية على المغادرة وسيطرتها على الحكم في أفغانستان قد تشجع الجماعات الإرهابية والمتطرفة في بقاع أخرى على تصعيد حملاتها الإرهابية. ورأى هؤلاء الباحثون أن التصور بأن المتطرفين والمتشددين قد انتصروا على أقوى جيوش العالم قد يغذي الاعتقادَ بأن قوة الولايات المتحدة في تدهور لا سبيل إلى علاجه، وذهبوا إلى حد اعتبار أن تَمَكّن طالبان من السيطرة على السلطة المطلقة في أفغانستان من شأنه أن يشكل تهديداً إرهابياً للعالم الحر، قد يفوق أي تهديد تمثله أي جماعة أخرى[44].

ويبدو أن حركات التطرف والإسلام السياسي قد أدركت أهمية عودة طالبان باعتبارها تمثل مصدر إلهام قوي لها لمواصلة تحركاتها حتى تحقيق هدفها، وليس أدلّ على ذلك من حالة الابتهاج التي سادت هذه التنظيمات والحركات في مناطق عدة من العالم، والتي رأت في عودة طالبان إلى السيطرة على أفغانستان بعد مواجهة شرسة استمرت نحو 20 عاماً مع القوات الأمريكية، نجاحاً لحركات التطرف والإرهاب كلها، وأنه يمكن الوقوف في وجه الولايات المتحدة ومقارعتها وربما الانتصار عليها وإجبارها على قَبول ما لم تكن تقبل به قبل سنوات.

---

44.   BRAHMA CHELLANEY, Global Terror and the Taliban's Return, Project Syndicate, Apr 6, 2021, https://bit.ly/3h2HPbg

وفي هذا الصدد نقلت صحيفة "صنداي تايمز" في تقرير لها عن توني بلير، رئيس الوزراء البريطاني السابق، قوله إن قرار التخلي عن أفغانستان ترك "كل جماعة جهادية في جميع أنحاء العالم تحتفل"، وقد ذكرت المنظمات التي تراقب مثل هذه الجماعات ومواقعها في الإنترنت أن المتطرفين احتفلوا بسقوط كابل على نطاق واسع في وسائل التواصل الاجتماعي مع ثنائهم الكبير على طالبان[45].

وعلى سبيل المثال، فإن إياد آغ غالي، زعيم جماعة نصرة الإسلام والمسلمين التابعة لتنظيم القاعدة والتي تنشط في منطقة الساحل في أفريقيا، هنأ حركة طالبان على انتصاراتها في أفغانستان، حيث يرغب غالي في استنساخ تجربة طالبان في مالي، مستغلاً ضعف النظام في البلاد التي شهدت ثلاثة انقلابات منذ عام 2012، وقرار فرنسا الأخير إنهاء عملية برخان العسكرية في الساحل، والانسحاب الكامل من شمالي البلاد في مطلع عام 2022 [46].

---

45. Jonathan Clayton, Jihadists across Africa boosted by Taliban's victory in Afghanistan, The Sunday Times, August 23 2021, https://bit.ly/38oC4QE

46. مخاوف من أصداء لصعود طالبان في الساحل الأفريقي، وكالة الأناضول، 28 أغسطس 2021، https://bit.ly/2WzDPrh

انظر أيضاً: أماني الطويل، ما تأثير نجاح "طالبان" في أفريقيا؟ إندبندنت عربية، 20 أغسطس 2021، https://bit.ly/3gldNtk

كما تداولت مواقع إلكترونية رسالة تهنئة أرسلها تنظيم "القاعدة" إلى طالبان، وصفت انسحاب القوات الأمريكية بأنه "نصر تاريخي كتبه الله عز وجل على أيدي الأمة الأفغانية المجاهدة الصابرة"، وباركت "القاعدة" قادة "طالبان" وزعيمها الملا هبة الله آخوند زاده شخصياً، مهنئة إياهم بـ"نصرهم العظيم على التحالف الصليبي"، وتنص الرسالة على أن انتصار "طالبان" في أفغانستان "يفسح الطريق أمام الشعوب المسلمة كي تتحرر من حكم الطواغيت"[47].

كما أعلنت بعض حركات الإسلام السياسي، عن ترحيبها بما حدث في أفغانستان، حيث هنأت حركة حماس حركة طالبان بـ"زوال الاحتلال" وأشادت بـ"أدائها"، وقال إسماعيل هنية في اتصال مع رئيس المكتب السياسي لحركة طالبان الملا عبدالغني برادر، "إن زوال الاحتلال (الأمريكي) عن التراب الأفغاني مقدمة لزوال كل قوى الظلم، وفي مقدمتها الاحتلال الإسرائيلي عن أرض فلسطين". وقال أمين عام حزب الله اللبناني حسن نصر الله، في خطاب متلفز، إن مشهد انسحاب الأمريكيين من أفغانستان "كبير جداً" ورسالة لها أبعادها الاستراتيجية، مشيراً إلى أن (الأمريكان) خرجوا "أذلاء فاشلين مهزومين"، فيما أكد

---

47.   نشطاء يتداولون رسالة تهنئة من "القاعدة" "لطالبان" بـ"النصر العظيم" في أفغانستان، روسيا اليوم، 2 سبتمبر 2021، https://bit.ly/3BAvCT8

مسؤول بجماعة العدل والإحسان، وهي أكبر جماعة إسلامية في المغرب (معارضة ومحظورة رسمياً)، أن جماعته تؤيد "استقلال الشعب الأفغاني عن كل تدخل أجنبي"، وعدَّ رئيس كتلة حركة "مجتمع السلم" الإسلامية في المجلس الشعبي الوطني (البرلمان)، أحمد صادوق، أن ما حصل في أفغانستان هو "دحر للاحتلال"، وعودة لسيادة الشعب[48].

من جهة أخرى، يرى مفكرون أن ما حدث في أفغانستان "سيعيد الثقة إلى التنظيمات الإرهابية والأصولية العنيفة مثل تنظيم القاعدة وفروعها وتنظيم داعش، وسيؤكد لهم أن ما يسمونه بالجهاد قد يكون وسيلة لإثبات الذات وتحقيق الأهداف السياسية"، ويضيف هؤلاء بأنه "من الواضح تماماً أن الجهاديين والسلفيين والإسلاميين في جميع أنحاء العالم يراقبون الأحداث (في أفغانستان) ويرون انتصار طالبان على أنه تشجيع (لهم)"، ويحذرون أنه "علينا أن نتوقع أنه ليست فقط داعش والقاعدة، بل والجماعات الأصغر أيضاً ستصبح أقوى"[49].

48.   الحكومات العربية "تتابع باهتمام" الوضع الأفغاني وحركات إسلامية "تبارك" سيطرة طالبان على الحكم، فرانس 24، 19 أغسطس 2021، https://bit.ly/3teZktY

49.   ماذا يعني "انتصار" طالبان لحلفاء أمريكا العرب وللتنظيمات المتطرفة؟، دويتشه فيله، 16 أغسطس 2021، https://bit.ly/3jLENdt

في هذا الإطار قد تؤدي عودة طالبان إلى إنعاش حركات التطرف في الشرق الأوسط وظهور دينامية جديدة لدى تيارات الإسلام السياسي عموماً[50]، وتحول أفغانستان إلى مركز لجذب الشباب المتطرفين، كما حدث بعد أن سيطر تنظيم داعش على أجزاء من العراق وسوريا في عام 2014 وتحول تلك الأجزاء إلى مركز لجذب آلاف الشباب من الدول العربية والأوروبية والعالم[51].

يضاف إلى ذلك أنه من الممكن تزايد قدرة تنظيمي القاعدة وداعش على استعادة نشاطيهما بعد أن تعرَّضا لضربات مؤلمة أفقدتهما الكثير من قدراتهما، إذ ستشكل سيطرة طالبان على أفغانستان دفعة معنوية كبيرة لهما[52]. وللتدليل على واقعية ذلك قال كبار قادة البنتاغون، في يونيو 2021، إن جماعة متطرفة مثل "القاعدة" قد تكون قادرة على تجديد نفسها في أفغانستان، بحيث تشكّل تهديداً للولايات المتحدة في غضون عامين من خروج الجيش الأمريكي من البلاد[53].

50.	من أفغانستان للساحل الأفريقي.. ماذا تعني الصحوة الإرهابية الجديدة؟ https://alsyaaq.com/ISIS-in-Afghanistan

51.	Pierre Haski, Au Sahel, l'armée française face au "syndrome afghan", franceinter, 27 novembre 2019, https://bit.ly/3vo65KM

52.	"ملاذ آمن".. عودة طالبان تحيي المخاوف من تنظيمات "الأفغان العرب"، https://arbne.ws/3DsixNq

53.	المصدر السابق.

يسعى هذا الجزء من الدراسة إلى معرفة حدود تأثير سيطرة حركة طالبان في أفغانستان على التنظيمات المتطرفة في أفريقيا عموماً ومنطقة الساحل خصوصاً. وترتبط هذه التنظيمات بدرجة أو بأخرى بتنظيمي "القاعدة" و"داعش". ويبدو هذا التأثير بالنظر إلى وجود العديد من أوجه التشابه بين طالبان وتلك التنظيمات، بالإضافة إلى وجود عامل آخر مشترك، وهو تنظيم القاعدة الذي يمتلك علاقات وثيقة بحركة طالبان، وفي الوقت نفسه يمتلك فروعاً عديدة في أفريقيا وفي منطقة الساحل؛ ورغم أن العلاقات بين طالبان وتنظيم "داعش" يغلب عليها طابع الصراع، فإن هناك بعض الأمور التي يتشابهان فيها والتي تجعل وجود تأثير لصعود طالبان على داعش وفروعه أمراً منطقياً رغم الخلاف بينهما.

أولاً: خريطة التنظيمات الإرهابية في أفريقيا وعلاقتها بتنظيمي "القاعدة" و"داعش"

هناك مجموعة من التنظيمات الإرهابية الموجود في القارة الأفريقية، وهذه التنظيمات أعلنت ولاءها إما إلى تنظيم القاعدة وإما إلى تنظيم داعش،

وتتوزع هذه التنظيمات في أنحاء القارة سواء في الشرق أو الغرب أو الوسط أو في منطقة الساحل؛ وفيما يلي عرض لأبرز هذه التنظيمات.

أ- شرق القارة:

تعد حركة شباب المجاهدين في الصومال الجماعة الإرهابية الرئيسية في شرق أفريقيا، وقد استطاعت الحركة أن تحافظ على بقائها طوال أكثر من عقد من الزمن وتغلبت على التحديات الكبيرة التي واجهتها. وقد تشكلت الحركة عام 2004، وتم إعلانها عام 2006 بصفتها "الذراع العسكرية" لاتحاد المحاكم الإسلامية، الذي كان يسيطر على العاصمة الصومالية "مقديشيو"، آنذاك، غير أنها أعلنت انشقاقها عن "اتحاد المحاكم" في عام 2007 بعد تحالف الأخير مع المعارضة الصومالية. ويقود الحركة في الوقت الراهن أحمد عمر المعروف باسم "أبو عبيدة الصومالي" أيضاً[54].

ارتبطت حركة الشباب الصومالية مبكراً بتنظيم القاعدة، فعلاوة على أن تشكيلها في عام 2004 جاء من العناصر الصومالية العائدة من القتال إلى جانب طالبان وتنظيم القاعدة في أفغانستان بعد إسقاط الولايات المتحدة لنظام طالبان، فقد أعلن محمد عبدي غوداني زعيم الحركة في نهاية عام

54. تقى النجار، لماذا تصاعد نشاط حركة الشباب الصومالية مؤخراً؟ المرصد المصري، 30 يناير 2020، https://bit.ly/3aNdTfP

2009 في تسجيل مصور ولاءه لأسامة بن لادن، وبرغم انقسام الحركة حول هذا الأمر، آنذاك، فقد أعلنت في بيان صدر في فبراير 2010، تحالفها مع "القاعدة"، قائلة "إن الجهاد في القرن الأفريقي يجب أن يكون جزءاً من الجهاد الذي يخوضه مجاهدو تنظيم القاعدة على المستوى العالمي"، وقال شيخ فؤاد محمد شانغول، أحد مسؤولي الحركة حينذاك: "تتضمن قراراتنا إطلاق الجهاد في مناطق القرن الأفريقي وشرق أفريقيا بهدف تحرير المجتمعات الإسلامية وربط جهادنا بالجهاد العالمي الذي يقوده تنظيم القاعدة وزعيمه أسامة بن لادن"[55].

وتوثيقاً للعلاقة بين الجانبين، أعلنت الحركة في فبراير 2012، في تسجيل مصور من زعيمها، في ذاك الوقت، مختار أبو الزبير انضمامها إلى تنظيم القاعدة، حيث جدد أبو الزبير الولاء لأيمن الظواهري الذي تولى قيادة القاعدة عقب مقتل أسامة بن لادن. وفي الوقت نفسه أعلن الظواهري في تسجيل مصور أن حركة الشباب انضمت لشبكة القاعدة العالمية. وقد شكل هذا الأمر تطوراً جديداً في العلاقة بين الجانبين، إذ كانت العلاقات بين القاعدة والشباب قبل ذلك ذات صبغة عقائدية إلى حد بعيد، حيث كانت الحركة تتلقى المشورة والتدريب من بعض أعضاء الشبكة الدولية

---

55.   حركة الشباب الصومالية تعلن تحالفها مع تنظيم القاعدة، بي بي سي، 1 فبراير 2010،
https://bbc.in/2WCtiMk

إلا أنها كانت تميل لاعتبار نفسها حليفاً للقاعدة لا فرعاً للتنظيم الأساسي[56].

وقد استطاعت الحركة أن تلعب دوراً مهماً على الأرض في الصومال وفي الدول المجاورة بعدما غيرت تكتيكاتها منذ عام 2006 أيضاً، إذ تحولت من مقاومة الوجود الإثيوبي في الصومال إلى تهديد الدولة الصومالية ودول الجوار المتداخلة في الصومال والمشاركة في القوات الأفريقية هناك[57]. وبرغم التحديات الهائلة التي واجهتها الحركة طوال العقد الماضي فإنها استطاعت الحفاظ على بقائها، وبرغم العمليات البرية من قِبل القوات الخاصة الأمريكية والشركاء الصوماليين، إضافة إلى أكثر من 200 غارة جوية منذ عام 2017، فإن الحركة لاتزال تمثل أكبر شبكة لتنظيم «القاعدة» وأكثرها نشاطاً وفاعلية في العالم. واتضح ذلك في زيادة أنشطة العنف التي تورطت فيها الحركة خلال عام 2020 بنسبة 33%، إضافة إلى زيادة المعارك التي خاضتها ضد قوات الأمن في هذا العام بنسبة 47%[58].

---

56. الظواهري يقول حركة الشباب الصومالية انضمت للقاعدة، رويترز، 10 فبراير 2012، https://reut.rs/3gF807C

57. أميرة محمد عبدالحليم، أبعاد ظاهرة الإرهاب في إقليم شرق أفريقيا، موقع التحالف الإسلامي العسكري لمحاربة الإرهاب، 22 ديسمبر 2019، https://bit.ly/3kx3cCH

58. د. حمدي عبدالرحمن، هل حان وقت نزع عسكرة الإرهاب في أفريقيا؟، مركز المستقبل للأبحاث والدراسات المتقدمة، 30 مارس 2021، https://bit.ly/3BWEhQq

ب- غرب القارة:

تعد حركة "بوكو حرام" وتنظيم الدولة الإسلامية في غرب أفريقيا، التنظيمين الإرهابيين الرئيسيين في غرب القارة الأفريقية، وبرغم أن "بوكو حرام" قد أعلنت ولاءها في مرحلة من المراحل لتنظيم "داعش" فإن منافسة شرسة وقعت بين التنظيم النيجيري وفرع تنظيم داعش في غرب أفريقيا أسفرت عن موت "أبو بكر شيكاو" زعيم "بوكو حرام" في مايو 2021.

- **بوكو حرام:**

تأسست حركة "بوكو حرام" عام 2002 في مدينة ميدوغوري شمال نيجيريا، ويعني اسمها باللغة المحلية (الهوسا) "التعليم الغربي حرام"؛ لأنه سبب انتشار الفساد في المجتمع الإسلامي، ومن هذا المنطلق بدأت المجموعة تنشط. ومع اعتماد الحكومة النيجيرية المسار الأمني في مواجهة الحركة تصاعدت أعمال العنف التي تقوم بها "بوكو حرام" حتى تحولت إلى تنظيم متطرف وعنيف. وحسب الخبراء، تُعَدُّ "بوكو حرام" من أكثر التنظيمات الإرهابية دموية في العالم وأفريقيا، وصنفها مؤشر الإرهاب العالمي في المرتبة الرابعة من بين أكثر التنظيمات الإرهابية دموية في العالم[59].

---

59.   د. محمد لعقاب، 9 أساليب لمكافحة الإرهاب والتحول من الفرنسة إلى الأفرقة، مجلة آراء حول الخليج، العدد 162، 30 مايو 2021، https://bit.ly/38mdRKH

وقد ارتبطت الحركة بتنظيم القاعدة أيديولوجياً وفكرياً، لكن دون أن يكون هناك أي ارتباط رسمي بين الجانبين، حيث استلهمت "بوكو حرام" من "القاعدة" فكرها المتشدد ورأت في أسامة بن لادن زعيماً روحياً، فاعتبرت كل ما هو غربي منافياً للإسلام جملة وتفصيلاً ومرفوضاً، ورأت في النفوذ الغربي في المجتمعات الإسلامية أصل الضعف الديني لدى هذه المجتمعات، وتركزت مهمتها الأيديولوجية في السعي لقلب نظام الدولة العلمانية في نيجيريا، وفرض التطبيق الصارم لتعاليم الشريعة الإسلامية في البلاد، ويتسم فكرها بأنه فكر تكفيري، حيث يؤدي أتباعها الصلاة في مساجد منفصلة، ويطلقون اللحى ويضعون على رؤوسهم أغطية حمراء أو سوداء[60].

وقد بدأت علاقة حركة "بوكو حرام" بالتنظيمات المتشددة الأخرى تأخذ طابعاً تنظيمياً في عهد أبو بكر شيكاو، زعيم الحركة الذي تولى قيادتها عقب مصرع محمد يوسف القائد السابق للحركة في عام 2009، حيث عمل شيكاو على إعادة بناء الحركة وعولمة أهدافها بما يمكّنها من جذب عدد كبير من المقاتلين، وتوفير الموارد والدعم اللازمين؛ فحرص على إقامة صلة بين الجماعة وباقي التنظيمات الإرهابية، بداية بتنظيم القاعدة

---

60.   هاني مسهور، "بوكو حرام".. دماء في أفريقيا وتاريخ مرتبط بالقاعدة، سكاي نيوز عربية، 8 يونيو 2021، https://bit.ly/3BqsPvN

في بلاد المغرب الإسلامي وانتهاء بتنظيم داعش اللذين وفرا للجماعة التدريب والدعم المالي وعززا من المهارات القتالية لعناصرها، وبعد ذلك نفذت الحركة عمليات نوعية، حتى إنها صنفت عام 2015 بالجماعة الأكثر دموية في العالم، متفوقة بذلك على تنظيم داعش[61].

وعقب مجموعة من المؤشرات والدلالات على وجود علاقة بين الحركة وتنظيم داعش خلال هذه المرحلة، أعلن أبو بكر شيكاو في تسجيل صوتي في مارس 2015، مبايعة زعيم تنظيم داعش أبو بكر البغدادي، واصفاً الخطوة بأنها واجب ديني، ومن تلك المؤشرات أنه عندما أعلن شيكاو إقامة الخلافة في بلدة غووزا النيجيرية في أغسطس 2014، أشار مقطع الفيديو الخاص به إلى البغدادي، الذي كان قد أعلن خلافة الدولة الإسلامية في شهر يونيو من العام ذاته، كما أشاد تنظيم "داعش" باختطاف "بوكو حرام" لفتيات من مدرسة في بلدة تشيبوك في إبريل 2014[62].

61. بسمة سعد، دلالات وتداعيات مقتل "أبو بكر شيكاو" على أمن منطقة الساحل، مركز الأهرام للدراسات السياسية والاستراتيجية، 26 يونيو 2021، https://bit.ly/38oTegN

62. أوبينا أنياديكي، ماذا يعني التحالف بين بوكو حرام وتنظيم الدولة الإسلامية؟، موقع ذي نيو هومينيتريان، 10 مارس 2015، https://bit.ly/3DuL3Oj

وفي تطور جديد أعلن تنظيم داعش عام 2016 عن عزل "أبو بكر شيكاو" من قيادة بوكو حرام، وتغيير اسمها إلى "الدولة الإسلامية في غرب أفريقيا"، وتعيين "أبو مصعب البرناوي" قائداً لها، وقد استند "داعش" في قراره إلى تقارير وصلته تؤكد استحالة استمرار شيكاو قائداً للجماعة؛ بسبب تصرفاته الاستبدادية، وصعوبة انقياده، واعتزازه بنفسه وغروره. وأدى رفض شيكاو هذا القرار إلى حدوث انقسام داخل الجماعة، حيث انضم جزء منها إلى فرع داعش في غرب أفريقيا، وجرت مواجهات بين الجناحين انتهت بمقتل شيكاو في مايو 2021.

• الدولة الإسلامية في غرب أفريقيا:

جاء نجاح تنظيم الدولة الإسلامية في غرب أفريقيا في قتل زعيم بوكو حرام أبو بكر شيكاو ليؤكد القوة التي يمتلكها هذا التنظيم، فقد جاء مقتل شيكاو تتويجاً لحملة استمرت سنوات للقضاء على جماعة تعتبرها منافساً وتهديداً محتملاً، ودلل نجاح التنظيم في القضاء على شيكاو على مدى القوة التي يمتلكها إذ لم تتمكن القوات النيجيرية بكل عددها وعتادها من القيام بذلك خلال 12 عاماً من القتال[63].

---

63.   د. حمدي عبد الرحمن، فراغات أمنية: توسع القاعدة وداعش في أفريقيا، مركز الأهرام للدراسات السياسية والاستراتيجية، 21 يونيو 2021، https://bit.ly/2Xr3jlr

ويسود قلق شديد حيال تصاعد نفوذ التنظيم في منطقة غرب أفريقيا، فقد أبدى أنه قادر على استيعاب مقاتلي بوكو حرام، حيث أعلن مئات من هؤلاء المقاتلين في يونيو 2021 خلال شريط فيديو مصور مبايعتهم لتنظيم "داعش" في غرب أفريقيا بعد أسابيع من وفاة "أبو بكر شيكاو" زعيم الجماعة السابق، واعتبر محللون أن هذا التسجيل يضيف دليلاً على أن تنظيم "داعش" آخذ في بسط سيطرته على منطقة غرب أفريقيا، وأنه إذا تمكن التنظيم من إقناع بقية قوات بوكو حرام بالانضمام إليه، فسيكون له حضور في القسم الأكبر من المناطق الخارجة عن سيطرة الحكومة في نيجيريا في شمال شرق البلاد[64].

ويرجح محللون أن نجاح داعش في التخلص من شيكاو سيؤدي إلى زيادة التمدد الإرهابي لداعش بحسبانه "الحصان الأقوى الآن"، وربما تتمكن داعش من اكتساب الكثير من الدعم الذي كان موجهاً لبوكو حرام. وثمة تقديرات استخباراتية وأمنية تعتقد بأن مقتل شيكاو قد يدفع بالعديد من الجماعات الإرهابية المسلحة في دول منطقة الساحل الخمس إلى الاصطفاف الأيديولوجي والتنظيمي خلف ولاية داعش في غرب أفريقيا[65].

---

64. تنظيم "الدولة" في غرب أفريقيا يعلن أن زعيم بوكو حرام "قتل نفسه"، دويتشه فيله، 7 يونيو 2021، https://bit.ly/3Bmehxc

65. د. حمدي عبدالرحمن، فراغات أمنية: توسع القاعدة وداعش في أفريقيا، مصدر سابق.

ج- وسط القارة:

نجح تنظيم "داعش" في أن يضم جماعة انفصالية في مقاطعة كابو دلغادو في موزمبيق تحت رايته، وتحول اسم هذه الجماعة التي كانت تعرف بـ "أنصار السُنة" إلى داعش موزمبيق وتشكل نواة "الدولة الإسلامية في وسط أفريقيا" ويقودها أبو ياسر حسن، وقد تمكنت منذ أكتوبر 2017 من قتل أكثر من 1300 مدني.

ويمثل هذا الجيب الذي أقامه داعش في موزمبيق تجسيداً فعلياً لمثال التمرد الشامل على الدولة وإقامة جيب منفصل عبر وسيلة الإنترنت حصراً، حيث يعتقد مسؤولو مكافحة الإرهاب أن المسلحين الذين ينشطون في المنطقة الغنية بالغاز من موزمبيق قد انخرطوا في صفوف هذا التنظيم بفضل الدعاية عبر الإنترنت وبمساعدة متطرفين في تنزانيا المجاورة ودون أن يوفد "داعش" عناصر من سوريا أو العراق للقيام بهذه المهمة[66].

د- منطقة الساحل:

ينشط في منطقة الساحل التي تضم خمس دول هي: بوركينا فاسو ومالي وموريتانيا والنيجر وتشاد، تنظيمان رئيسيان، أحدهما تابع لتنظيم

---

66.   حسام الحداد وآخرون، التنظيمات الإرهابية في أفريقيا، بوابة الحركات الإسلامية، من دون تاريخ،
https://bit.ly/3ksmSHI

القاعدة وهو "جماعة نُصرة الإسلام والمسلمين"، فيما يتبع الثاني تنظيم داعش وهو "الدولة الإسلامية في الصحراء الكبرى"[67].

• **جماعة نُصرة الإسلام والمسلمين:**

تأسست جماعة نصرة الإسلام والمسلمين في مارس عام 2017 بقيادة زعيم الطوارق المالي إياد أغ غالي، عبر اندماج أربع جماعات تدين بالولاء لتنظيم القاعدة، وهي: "جماعة أنصار الدين" (تأسست عام 2012 من طرف إياد أغ غالي)، و"حركة تحرير ماسينا" (أسسها أمادو كوفا عام 2015)، وتنظيم "القاعدة في بلاد المغرب الإسلامي" (بقيادة عبد المالك دروكدال، الذي قتل في يونيو 2020 في شمال مالي على أيدي القوات الفرنسية) وحركة "المرابطون"[68]، التي تزعمها الجزائري مختار بلمختار والتي تأسست عام 2013 عبر اندماج بين تنظيم "الموقِّعون بالدم" وحركة "التوحيد والجهاد في غرب أفريقيا"[69].

---

67. لا سينا ديارا، الساحل بين تنظيمي "داعش" و"القاعدة" - تنافر أم تمويه؟، موقع التحالف الإسلامي العسكري لمحاربة الإرهاب، 13 يونيو 2021، https://bit.ly/3mDyAC4

68. نور الدين بيدُكان، دور المغرب في مواجهة التهديدات الأمنية في منطقة الساحل الأفريقي: المرتكزات والتحديات والآفاق، مركز الإمارات للسياسات، 31 ديسمبر 2020، https://bit.ly/38lYRg0

69. من هو مختار بلمختار زعيم جماعة "المرابطون؟" فرانس 24، 16 يونيو 2016، https://bit.ly/3gJBD7X

وقد تعهدت هذه الجماعة بالولاء لتنظيم "القاعدة"، وهي منظمة لامركزية تتمتع بقدر كبير من الاستقلال على المستوى العملياتي، كما أنها تكيفت بمهارة فائقة مع السياقات المحلية، وقد اكتسبت الجماعة نفوذاً وتوسعاً ميدانياً في الأشهر الأخيرة، وصارت تتمتع بقدرات قتالية أكبر وصارت أكثر تنظيماً، واعتبرها قائد قوة برخان الفرنسية الجنرال مارك كونرويت أمام الجمعية الوطنية في نوفمبر 2020 تمثّل "حالياً العدو الأخطر لقوة برخان وللقوات الدولية ولمالي"[70].

وصارت الجماعة على مدى ثلاثة أعوام من بين أكثر أذرع تنظيم القاعدة نشاطاً، وحسب محللون، تمتلك الجماعة حالياً تنظيماً قوياً للغاية ذا هيكلية، ولا توجد منطقة في الساحل بمنأى عن تأثيرها، ويتحدر قادتها في الغالب من منطقة الساحل، ولم يعودوا عرباً، ولديهم شبكات من المخبرين الموثوق بهم وخلايا موالية، ويقدر دخل الجماعة سنوياً بما بين 18 و25 مليون دولار؛ تتأتى بشكل أساسي من عمليات الابتزاز على الطرق التي تسيطر عليها، وبدرجة أقل من "عمليات الخطف مقابل فديات[71].

70.   جماعة نصرة الإسلام والمسلمين الموالية للقاعدة توسّع نفوذها في الساحل الأفريقي، فرانس
24، 10 يناير 2021، https://bit.ly/2V1NVB6

71.   المصدر السابق.

وهناك أربع مناطق للعمليات التي تقوم بها الجماعة، أولها منطقة شمال مالي، حيث تحافظ جماعة أنصار الدين بقيادة إياد غالي على نفوذها في تلك المنطقة، وثانيها وسط مالي وشمال بوركينا فاسو، حيث تنشط جبهة تحرير ماسينا، وثالثها شرق بوركينا فاسو وحدود النيجر، حيث تزايدت هجمات الجماعات المرتبطة بالجماعة في تلك المناطق منذ عام 2019، ووصلت حتى حدود دولتي بنين وتوجو، ورابع هذه المناطق هي الجنوب الغربي لبوركينا فاسو حيث تتميز المنطقة الحدودية الواقعة بين بوركينا فاسو ومالي وساحل العاج بانتشار أنشطة تهريب البضائع والأسلحة الصغيرة والتنقيب عن الذهب، ويسعى مقاتلو جماعة نصرة الإسلام والمسلمين في تلك المنطقة، لكسب موطئ قدم لتحصيل إيرادات مالية من تلك الأنشطة[72].

● **تنظيم الدولة الإسلامية في الصحراء الكبرى:**

ظهر التنظيم مع إعلان "عدنان أبو الوليد الصحراوي" القيادي في (تنظيم "المرابطون") بيعته لـ "أبو بكر البغدادي" في منتصف عام 2015. وقد أثارت هذه البيعة غضب مختار بلمختار، زعيم تنظيم "المرابطون"، الذي أكد أن بيعة "الصحراوي" لداعش جاءت كقرارٍ فرديٍ؛ ما أسفر عن

---

72. أحمد سلطان، لغز "الإسلام والمسلمين" بالساحل الأفريقي: لا تعاملوها كجماعة واحدة!، موقع ذات مصر، 15 ديسمبر 2020، https://bit.ly/3yqbJw5

انشقاق فصيلٍ مؤيدٍ لتنظيم "القاعدة" بقيادة بلمختار، وفصيل آخر مؤيد لداعش بقيادة "الصحراوي"، ثم انفصل الأخير بمجموعته معلناً عن تنظيم "داعش في الصحراء الكبرى". وبعد فترة خمول لقرابة عام ونصف العام، أعلن تنظيم "داعش في الصحراء الكبرى" عن نفسه بقوةٍ عبر سلسلة عمليات بارزة نهاية عام 2016[73]. وهذا التنظيم عبارة عن شبكة إرهابية أكثر مركزية ومتحالفة مع تنظيم داعش المركزي. وقد اكتسب مكانة بارزة في المنطقة. وبدءاً من شمال مالي، امتد نفوذه منذ ذلك الحين بشكل حثيث إلى بنين وساحل العاج والسنغال[74].

ويلعب التنظيم دوراً مهماً في دعم استراتيجية تنظيم داعش الإرهابية؛ فبحسب نشرة "مؤشر الإرهاب العالمي" التي نشرت في نوفمبر 2020 أدى نمو الجماعات المرتبطة بتنظيم داعش في منطقة الساحل إلى تصاعد وتيرة الأعمال الإرهابية في العديد من بلدان المنطقة"، حيث تقع سبع دول من الدول العشر التي شهدت تصاعداً في الأعمال الإرهابية في جنوب الصحراء الكبرى وهي بوركينا فاسو وموزمبيق وجمهورية الكونغو الديمقراطية ومالي والنيجر والكاميرون وإثيوبيا. كما أوضحت النشرة أنه

---

73.   دراسة ترصد تحركات التنظيمات الإرهابية في القارة الأفريقية، اليوم السابع، 12 مارس 2020،
https://bit.ly/2Y8leDG

74.   د. حمدي عبدالرحمن، فراغات أمنية: توسع القاعدة وداعش في أفريقيا، مصدر سابق.

في عام 2019 شهدت دول جنوب الصحراء الكبرى أكبر زيادة في عمليات القتل التي تنسب إلى الجماعات المرتبطة بتنظيم داعش والتي بلغ مجموعها 982 حالة قتل وهو ما يمثل 41% من إجمالي أعمال القتل آنذاك[75].

لا شك أن عودة طالبان إلى أفغانستان وسيطرتها على البلاد سيكون له تأثيرات عديدة في نواحٍ وأماكن عدة، من بينها القارة الأفريقية وداخلها منطقة الساحل، إذ إن نجاح طالبان وقدرتها على التأقلم والحفاظ على بقائها طوال أكثر من 20 عاماً برغم الجهود التي بذلتها الولايات المتحدة الأمريكية لإضعافها والقضاء عليها، يشكل نموذجاً ملهماً للحركات الإرهابية عموماً.

أ- تأثير صعود حركة طالبان على حركات التطرف في أفريقيا:

يرجح البعض أن يكون هناك صدى كبير لنجاح حركة طالبان في العودة إلى سدة الحكم لدى حركات التطرف والإرهاب في القارة الأفريقية، (ذلك

---

75. فرانك غاردنر، تنظيم الدولة الإسلامية "نقل" مركز ثقله إلى قلب القارة الأفريقية، بي بي سي، 6 ديسمبر 2020، https://bbc.in/2WsjyVe

أن مسألة إلهام الحركات المتطرفة بعضها لبعض، وإعلان الولاء للتنظيمات الكبرى مسألة سبق أن شهدناها، مع تنظيم القاعدة على سبيل المثال، حيث كان ملهماً لحركة الشباب في الصومال، وفي منطقة المغرب الكبير أيضاً، حيث أعلنت حركة شباب المجاهدين في الصومال ولاءها لـ"القاعدة"، بينما تم تشكيل تنظيم مماثل تحت الاسم نفسه وهو تنظيم القاعدة في بلاد المغرب)[76].

ويبدو أن جماعات التطرف والإرهاب الموجودة في أفريقيا، قد أدركت حجم الفوائد العديدة التي ستعود عليها جراء عودة طالبان، لاسيما فيما يتعلق باكتساب الجرأة على التحرك والعمل من أجل تكرار النموذج الأفغاني من خلال العمل على إسقاط حكومات الدول الأفريقية، وهو ما أدركه الرئيس النيجيري محمد بخاري، حيث كان يساوره الخوف -وهو يتابع من عاصمة بلاده أبوجا مشاهد اقتحام حركة طالبان العاصمة الأفغانية كابل- من أن تواجه بلاده ودول أفريقية أخرى مصيراً مماثلاً في غياب الدعم من الحلفاء الغربيين، بحسب ما ذكرت مجلة "فورين بوليسي" الأمريكية[77].

---

76. عريب الرنتاوي، الإسلام السياسي والمسلح": من الشماتة بـ "نهضة تونس" إلى الانتشاء بـ "فتح كابل"، الحرة، 22 أغسطس 2021، https://arbne.ws/3jqtoPL

77. Lynsey Chutel, Will the War on Terror Move to Africa? *Foreign Policy, AUGUST 25, 2021 https://bit.ly/3kwCoCt*

وقد ظهرت تلك الجرأة التي اكتسبتها جماعات التطرف والإرهاب الموجودة في أفريقيا في الهجمات التي شنتها تلك الجماعات عقب الإعلان عن دخول طالبان كابول، وأسفرت عن مقتل أكثر من 200 شخص في أربع غارات منفصلة في كل من النيجر ومالي وبوركينا فاسو، ما اعتبر دليلاً على ثقة تلك الجماعات المتزايدة بالنصر في القارة مع انتشار الفوضى في كابل، بعدما وجدت عاملاً ملهماً في قرار الولايات المتحدة الانسحاب من أفغانستان، شجعها على تصعيد هجماتها[78].

ومن المرجح في هذا الإطار، أن تشن تلك الجماعات مزيداً من الهجمات التي ربما تأخذ طابعاً نوعياً، متشجعة بالجرأة التي اكتسبتها وعامل الثقة بالنفس الذي اكتسبته جراء صعود طالبان، ومستمرة في الوقت ذاته في نشاطها الذي ارتفعت وتيرته العام الماضي، فبحسب تقرير أعده مركز أفريقيا للدراسات الاستراتيجية، وهو مؤسسة أبحاث تابعة لوزارة الدفاع الأمريكية، ارتفعت عمليات الجماعات والحركات الإرهابية في القارة بنسبة 43% عام 2020، كما شهد الربع الأخير من هذا العام - على الرغم من جائحة «كوفيد-19» - ارتفاعاً بنسبة 13% في الحوادث الإرهابية عبر القارة، مقارنة بالفترة السابقة[79].

---

78.   Jonathan Clayton, op.cit.

79.   د. حمدي عبدالرحمن، هل حان وقت نزع عسكرة الإرهاب في أفريقيا؟، مصدر سابق.

وما يساعد هذه الحركات على شن المزيد من الهجمات هو امتلاكها قدرات متزايدة، فقد أشار تقرير قدمه إلى مجلس الأمن الدولي في يوليو الماضي فريق المراقبة التابع للأمم المتحدة المكلف بتتبع التهديدات الإرهابية في جميع أنحاء العالم، إلى أن "داعش" و"القاعدة" والجماعات التابعة لهما قد تضخم نفوذهما في القارة بسبب ما أصبح لديهما من "قدرات متزايدة في جمع التبرعات والأسلحة، بما في ذلك استخدام الطائرات من دون طيار، وتزايد أعداد أتباعهم ومؤيديهم ومساحة الأراضي التي استولوا عليها"[80].

ويمكن القول إن تنظيم "القاعدة" و"داعش" ستسعيان تحت تأثير إلهام صعود طالبان، إلى مزيد من التأثير وللوجود في أفريقيا لما سيشكله ذلك من مزايا اقتصادية وسياسية عديدة. فمنذ دخول "القاعدة" إلى أفريقيا "كان اهتمام قيادتها منصباً على الاستفادة من المزايا الاقتصادية النوعية في القارة. حيث كان نشاط جماعة نصرة الإسلام والمسلمين في السنغال بالقرب من مناجم الذهب محاولة لجني مكاسب اقتصادية واستراتيجية. حيث استطاعت بسط وجودها وإنشاء مناطق لدعم قواتها في مالي باستغلال الفراغات الأمنية في الحدود بين مالي والسنغال"[81].

---

80. تقرير دولي: الجماعات الإرهابية الخطيرة لا تزال قادرة على التوسع والانتشار، الحرة، 23 يوليو 2021، https://arbne.ws/3mCUDsC

81. أية أمان، انتصار طالبان.. وقود "التطرف" للهيمنة على أفريقيا، 21 أغسطس 2021، موقع مصر 360، https://bit.ly/3gEwNJd

إلى جانب تلك الجرأة، يرجح المحللون أن تستلهم الحركات والجماعات الإرهابية في القارة الأفريقية نموذج طالبان وتعمل على تحقيقه في البلاد الموجودة فيها، ومن هذه الحركات حركة الشباب الصومالية التي أثبتت قدرة على الاستمرار والانتشار، وكذلك إعادة التموضع أكثر من مرة سواء في الصومال أو خارجها كما الحال في كينيا مثلاً. وما يساعد على تكرار النموذج الطالباني من قِبل حركة الشباب وجود بعض نقاط تشابه بينهما، منها على سبيل المثال، أن كليهما انطلق من السيطرة على الأرياف، وكليهما يمتلك المرونة الكبيرة سواء في الفاعلية في إنجاز العمليات الإرهابية أو إعادة التموضع والانتشار[82].

وما يزيد من قدرة حركة الشباب على تكرار النموذج الطالباني في الصومال، هو امتلاكها قدرات كبيرة تجعلها قادرة على التحرك وبذل الجهد لمحاولة إسقاط الحكومة الصومالية، فقد أكد تقرير فريق المراقبة التابع للأمم المتحدة المكلف بتتبع التهديدات الإرهابية في جميع أنحاء العالم الذي سبقت الإشارة إليه، أن هناك مخاوف من أن تملأ حركة

82. هناك نقاط تماثل بين "طالبان" وحركة الشباب الصومالية، منها على سبيل المثال، أن كليهما انطلق من السيطرة على الأرياف، وأنهما يواجهان حكومات تحظى بدعم أمريكي، وأخيراً تتسم الحركتان بالمرونة الكبيرة سواء في الفاعلية في إنجاز العمليات الإرهابية أو إعادة التموضع والانتشار". لمزيد من التفاصيل، انظر: أماني الطويل، ما تأثير نجاح "طالبان" في أفريقيا؟، مصدر سابق.

الشباب الفراغ الناجم عن تراجع "الدعم الاستراتيجي" لقوات الحكومة الصومالية[83].

ب- تأثير صعود حركة طالبان على الحركات الإرهابية في منطقة الساحل:

يرى خبراء وباحثون أن سيطرة حركة طالبان على أفغانستان ستكون لها تأثيرات مباشرة في جماعات الإرهاب في منطقة الساحل، وتتمحور هذه التأثيرات في تنامي خطر وعدوانية هذه الجماعات ومن ثم ارتفاع حجم الخسائر في صفوف المدنيين والعسكريين، وكذلك في محاولة هذه الجماعات استثمار نجاح التجربة الطالبانية في استقطاب المزيد من الأتباع وتجنيدهم، ومن ثم تنفيذ المزيد من العمليات الإرهابية في محاولة لضرب حكومات المنطقة وإسقاطها إذا أمكن[84].

ومما يرجح حدوث هذه التأثيرات وجود العديد من أوجه التشابه بين طالبان وجماعات الإرهاب في منطقة الساحل، حيث يتشارك الجانبان في التوجه الأيديولوجي، وفي الأهداف ذاتها، وهي الوصول إلى الحكم وتطبيق

---

83. تقرير دولي: الجماعات الإرهابية الخطيرة لاتزال قادرة على التوسع والانتشار، مرجع سابق.

84. خديجة الطيب، انتصار "طالبان" يوجه إنذاراً لدول منطقة الساحل، إندبندنت عربية، 18 أغسطس 2021، https://bit.ly/3mHoNuT

الشريعة الإسلامية، والسعي إلى تحقيق ذلك بحمل السلاح ومواجهة كل مَن يخالف توجهاتهما. كما يتشابهان إلى حد كبير في التركيبة السياسية والاجتماعية من حيث سيطرة القبائل والإثنيات، وفي كونهما يواجهان جيوشاً غربية مجهزة بأحدث الوسائل وأكثرها تطوراً، لكنها أمام صمود التنظيمات وطول أمد الحرب قررت الانسحاب، وهو القرار الذي اتخذته الولايات المتحدة وحلف شمال الأطلسي في أفغانستان، وفرنسا في مالي وتشاد، وواشنطن في النيجر أيضاً، كما أن تلك التنظيمات المتشددة عادت بعد تعرضها لهزيمة كبيرة، سواء تعلق الأمر بـ"طالبان" التي انتظرت 20 عاماً للعودة إلى كابول، أو تنظيمات "القاعدة" في الساحل التي سيطرت على شمال مالي وأعلنت قيام دولة مستقلة هناك في عام 2012، قبل أن تتدخل فرنسا عسكرياً لردعها، وقبل أن تعود مرة أخرى عام 2017 على شكل جماعة "نصرة الإسلام والمسلمين"[85].

• تأثير صعود حركة طالبان على جماعة نُصرة الإسلام والمسلمين:

لا شك في أن صعود حركة طالبان سيكون له تأثير كبير على جماعة نصرة الإسلام والمسلمين في منطقة الساحل، وذلك بالنظر إلى العلاقات القوية التي تربط بين طالبان وتنظيم القاعدة الذي تتبعه

---

85. المصدر السابق.

الجماعة وتدين له بالولاء. هذه العلاقات التي ستتيح لتنظيم القاعدة وفرعه في منطقة الساحل بالحصول على دعم طالبان، سواء كان دعماً معنوياً أو مادياً بما يساعد في تمدد التنظيم وتحقيق أهدافه في المنطقة.

وهناك العديد من المؤشرات على أن العلاقات بين طالبان والقاعدة ما زالت قوية ومن بينها ما يلي:

- بحسب تقرير أممي صدر في يوليو 2021، يوجد تنظيم القاعدة في 15 مقاطعة أفغانية ويعمل تحت حماية طالبان في أقاليم قندهار وهلمند ونيمروز. وأن هناك ما بين 500 و1500 مقاتل في أجزاء من شرق أفغانستان[86].

- بحسب التقرير الأممي المشار إليه، فإن هناك روابط قبلية ومصاهرة وثيقة بين طالبان والقاعدة. وخلال سيطرة حركة طالبان على أفغانستان، تم الإبلاغ عن رؤية العديد من "الأجانب" في صفوف الحركة؛ أي مقاتلين غير أفغانيين[87]، ويرجح أنهم تابعون لتنظيم القاعدة.

---

86. تقرير دولي: الجماعات الإرهابية الخطيرة لاتزال قادرة على التوسع والانتشار، مصدر سابق.

87. فرانك غاردنر، أفغانستان: هل تصبح ملاذاً للإرهاب بعد سيطرة طالبان على السلطة؟، بي بي سي، 18 أغسطس 2021، https://www.bbc.com/arabic/world-58242152

- دافعت حركة طالبان عن تنظيم القاعدة بعد عودتها إلى حكم أفغانستان، ففي مقابلة مع شبكة "إن بي سي" الأمريكية، قال المتحدث باسم الحركة، ذبيح الله مجاهد، إنه لا يوجد دليل على أن أسامة بن لادن كان مسؤولاً عن هجمات 11 سبتمبر الإرهابية ضد الولايات المتحدة. وقال إن هذا الادعاء "غير صحيح"، وأقر أنه "عندما أصبح أسامة بن لادن قضية بالنسبة إلى الأمريكيين، كان في أفغانستان"[88].

- تكليف حركة طالبان شبكة حقاني بمسؤولية الأمن في كابول. وترتبط الشبكة ارتباطاً وثيقاً بتنظيم القاعدة. وعمل زعيمها الفعلي سراج الدين حقاني بشكل وثيق مع مساعدي أسامة بن لادن ومقاتلي "القاعدة" في أفغانستان[89].

في ظل هذه العلاقات الوثيقة، لا يتصور ألا تستفيد "القاعدة" عموماً وفرعها في منطقة الساحل خصوصاً من التجربة الطالبانية، وحسب بعض الخبراء، فإن نجاح "طالبان" سيكون ملهماً لجماعة نصرة الإسلام

88. بعد 20 عاماً.. طالبان تدافع عن ابن لادن والقاعدة، الحرة، 27 أغسطس 2021، https://arbne.ws/3sYXvRB

89. هكذا تدير القاعدة وطالبان المشهد الأفغاني بشكل كامل، العربية نت، 27 أغسطس 2021، https://bit.ly/3gFOAQj

والمسلمين لاستكمال تشكيل مؤسسات الحكم على النمط الطالباني مثل إنشاء محاكم الشرعية، وديوان الحسبة[90]، كما أن هذا النجاح سيعطي دفعة قوية للجماعة للتمدد والانتشار والتوسع في دول غرب أفريقيا الساحلية، حيث اجتمع قادة الجماعة في فبراير 2020 لمناقشة توسيع عمليات القاعدة خارج مالي لتأسيس موطئ قدم أكبر لهم في غرب أفريقيا، كما بدأت وسائل الإعلام الموالية للقاعدة في التأكيد على توسع الجماعة، حيث نشرت خريطة في ديسمبر 2020 تشير إلى وجود الجماعة في ساحل العاج مقارنة بخريطة سابقة كانت تركز على وجود الجماعة فقط في مالي وبوركينا فاسو والنيجر.

من جهة أخرى قد يشكل نجاح طالبان دافعاً لجماعة نصرة الإسلام والمسلمين لاستنساخ التجربة الطالبانية في منطقة الساحل، وهو ما بدا واضحاً عندما هنأ إياد آغ غالي، زعيم الجماعة حركة طالبان على انتصاراتها في أفغانستان، حيث يرغب غالي في استنساخ تجربة طالبان التي استعادت السلطة في أفغانستان بعد انسحاب الجيش الأمريكي منها، وما يشجعه على تكرار ذات التجربة ضعف النظام في مالي التي شهدت 3 انقلابات منذ عام 2012، وقرار فرنسا الأخير إنهاء عملية برخان العسكرية في الساحل، والانسحاب الكامل من شمال البلاد مطلع عام 2022، وفي

---

90.   أماني الطويل، ما تأثير نجاح "طالبان" في أفريقيا؟ مصدر سابق.

هذا الصدد، يقول أغ غالي، إن فرنسا قررت الانسحاب من مالي، وإنهاء عمليتها "برخان" بعد الفشل في تحقيق أهدافها "لتكتفي بعد سنوات من العناء برتبة التعاون تحت مسمى التحالف الدولي لمحاربة الإرهاب"[91].

في هذا الإطار، قد يتجه فرع القاعدة في منطقة الساحل إلى إعلان إمارة إسلامية في مالي التي تعد الحلقة الأضعف في دول الساحل الخمس، فالوضع الأمني الهش، وتصاعد الهجمات، وتوالي الانقلابات، وتراجع الدعم الدولي، والاحتباس الحراري وما يخلفه من جفاف وفيضانات مفاجئة وحروب قبلية بين الرعاة والمزارعين، كل هذه الأزمات لا تهدد النظام الحالي بالسقوط فقط بل بانهيار الدولة وزوالها أيضاً[92].

في المقابل يرى باحثون أن هذا السيناريو صعب الحدوث، حيث لن تسمح القوى الدولية والإقليمية بسقوط دولة مثل مالي تحت سيطرة جماعة إرهابية، وبرغم أن فرنسا قد أعلنت أنها ستسحب قواتها من منطقة الساحل، فإنها قد تتوصل إلى صيغة أخرى تساعد في الحيلولة دون بسط فرع القاعدة في الساحل سيطرته على الدولة المالية، فضلاً عن

---

91.   مخاوف من أصداء لصعود طالبان في الساحل الأفريقي، وكالة الأناضول، 28 أغسطس 2021،
https://bit.ly/2WzDPrh

92.   المصدر السابق.

أن الولايات المتحدة والقوى الأوروبية والدول الأفريقية ودول الساحل الأخرى لن تسمح بتكرار تجربة طالبان في المنطقة[93].

• تأثير صعود حركة طالبان على تنظيم الدولة الإسلامية في الصحراء الكبرى:

تتسم العلاقة بين حركة طالبان وتنظيم داعش بالطابع الصراعي؛ ما يجعل تأثير نجاح التجربة الطالبانية في فرع التنظيم في منطقة الساحل الذي يعرف باسم تنظيم الدولة الإسلامية في الصحراء الكبرى، تقف عند حدود معينة تتمثل في مجرد دفع التنظيم إلى محاولة التمدد والانتشار.

وكما توجد "القاعدة" في أفغانستان، فإن "داعش" هو الآخر يوجد هناك، فرغم انهيار التنظيم في العراق وسوريا، إلا أنه لايزال صامداً في "ولاية خراسان" في أفغانستان، التي تأسست من قبل مجموعة من المسلحين والمنشقين عن حركة طالبان باكستان وطالبان أفغانستان في عام 2015. وتشمل "ولاية خراسان" حسب أدبيات التنظيم كلاً من أفغانستان وأجزاء من باكستان وإيران وأوزبكستان وكازاخستان وقيرغيزستان وطاجيكستان وتركمانستان، وانضم إلى هذا التنظيم الكثير من السلفيين

---

93.   مصطفى جمال عمر، تأثير عودة طالبان على الجماعات المسلحة في منطقة الساحل والصحراء، مركز تريندز للبحوث والاستشارات، 5 أكتوبر 2021 https://bit.ly/3lTNcMX

المختلفين مع قادة طالبان، متهمين الأخيرة بأنها عميلة للاستخبارات الباكستانية، ويهدف التنظيم إلى محاربة جميع الحركات المسلحة في "ولاية خراسان" مثل طالبان والقاعدة، إلى جانب حكومات المنطقة[94]. وقد تعرض التنظيم لضربات مؤلمة من طالبان، حسب تقرير لمجلس الأمن الدولي نشر في مايو 2020، وجاء فيه "لقد لعبت قوات طالبان دوراً مهماً في إلحاق الهزيمة بهذا الجزء من تنظيم الدولة الإسلامية"[95].

وقد انعكست هذه العلاقة الصراعية في موقف داعش من سيطرة طالبان على أفغانستان، حيث وصف التنظيم في تقرير نشر بصحيفة النبأ التابعة له الصادرة في 19 أغسطس 2020، هذا الأمر بأنه "لم يكن سوى عملية انتقال سلمي للحكم من طاغوت إلى آخر"، وقال إن "القاعدة والإخوان والسرورية المرتدين أبوا إلا أن يكملوا السيناريو القطر- أمريكي، بتصوير ما جرى بأنه فتح وتمكين"، ووصف الاتفاق بين الولايات المتحدة و"طالبان" باتفاق السلام بين "المرتدين والصليبيين"، وأضاف أن "طالبان" تخلّت عن إيواء "المهاجرين وإقامة الشريعة"[96].

---

94. طالبان: ما هي أوجه الشبه والاختلاف بين الحركة وتنظيم الدولة الإسلامية؟ مصدر سابق.

95. كريستن كنيب، بعد عودة طالبان.. هل تصبح أفغانستان "قاعدة" للجهاد مجدداً؟ دويتشه فيله، 24 أغسطس 2021، https://bit.ly/2UZ6E06

96. تنظيم "الدولة" في أول تعليق على "طالبان": انتقال الحكم من طاغوت لآخر، 20 أغسطس 2021، https://bit.ly/2Xtpl7W

وبرغم هذه العلاقة الصراعية، فإن نجاح تجربة طالبان يمكن أن تكون ملهمة لفرع تنظيم داعش في منطقة الساحل، وهي المنطقة التي يسعى فيها التنظيم إلى ترسيخ وجوده فيها باعتبارها توفر ملاذاً آمناً يعوضه عما فقده في منطقة الشرق الأوسط ولاسيما في العراق وسوريا، ومن ثم يمكن أن يكون نجاح طالبان دافعاً لتنظيم الدولة الإسلامية في الصحراء الكبرى كي يتمدد في هذه المنطقة. غير أن التنظيم قد يواجه معارضة شديدة من قِبل جماعة نصرة الإسلام والمسلمين التابعة لتنظيم القاعدة لاسيما إذا استهدفت الأخيرة إقامة إمارة إسلامية في مالي.

أخيراً يمكن القول إن هناك عوامل عدة قد تساعد حركات الإرهاب في منطقة الساحل لاسيما جماعة نصرة الإسلام والمسلمين التابعة لتنظيم القاعدة، على التوسع والانتشار بل وإمكانية إقامة إمارة إسلامية في مالي، أهمها، أن المنطقة تمتد عبر مساحة شاسعة تبلغ مساحتها ما يقرب من 3 ملايين كيلومتر مربع، وذات كثافة سكانية منخفضة، وهي فقيرة إلى حد كبير، وعملية حراسة الحدود فيها بائسة وبالتالي يسهل اختراقها، كما تواجه المنطقة مشكلات كبيرة مثل الجفاف والفساد والفقر والبطالة والاحتكاكات العرقية، وأثمر النهج الذي يركز على الأمن نتائج عكسية لأنه

فشل في معالجة المشكلات الأساسية التي دفعت الكثير من الشباب في دولة مثل مالي إلى الانضمام إلى الجماعات المتطرفة[97].

كما تشكل رغبة فرنسا في الانسحاب من المنطقة فرصة كبيرة أمام حركات الإرهاب فيها للتمدد والتوسع بل وإمكانية إسقاط الدولة وإقامة إمارة إسلامية فيها، وخاصة أن دول المنطقة تفتقر إلى القدرات اللازمة لمواجهة هذه الحركات وحدها، فقد أعلن الرئيس الفرنسي إيمانويل ماكرون في يوليو 2021 أن بلاده ستباشر إغلاق قواعدها في شمال مالي في إطار خفض العديد من القوات الفرنسية التي تقاتل المتطرفين في منطقة الساحل. وقال إن إغلاق القواعد في كيدال وتيساليت وتمبكتو "سيستكمل بحلول مطلع عام 2022". وأوضح أن بلاده ستبدأ بحلول نهاية العام سحب قواتها المنتشرة في أقصى شمال مالي.

وقد أصيبت فرنسا بخيبة أمل كبيرة دفعتها إلى إعلان انسحابها من المنطقة، ويرجع ذلك إلى مجموعة من الأسباب؛ منها فشل باريس في الأعوام الأخيرة في إقناع دول الاتحاد الأوروبي بدعم جهودها لمكافحة الإرهاب في أفريقيا، وتراجع الوجود العسكري الأمريكي في أفريقيا حيث

---

97. فرانك جاردنر، كيف وصلت المواجهة مع الإسلاميين المتشددين في غرب أفريقيا إلى مرحلة حرجة؟، بي بي سي، 7 يونيو 2021، https://bbc.in/3sTr5bf

كانت الطائرات الأمريكية تساعد في نقل القوات الفرنسية، وهو أمر لم يعد متاحاً الآن[98]، وتدني التأييد الشعبي الفرنسي لعملية برخان، حيث أظهر استطلاع للرأي، أجراه المعهد الفرنسي للرأي العام في أوائل يناير 2021، أن 51% من الفرنسيين فقدوا دعمهم للتدخل العسكري في منطقة الساحل، وتزايد الخسائر البشرية حيث خسرت فرنسا خلال العام الماضي 12 جندياً إضافياً ليصل إجمالي خسائرها البشرية 57 شخصاً منذ بداية تدخلها في يناير 2013 في حرب تبدو - من وجهة نظر مواطنيها - وكأنها لا تنتهي أبداً[99].

98. أحمد مصطفى، انتباه متأخر، سكاي نيوز عربية، 25 يونيو 2021، https://bit.ly/3BfpXl2

99. د. حمدي عبدالرحمن، هل حان وقت نزع عسكرة الإرهاب في أفريقيا؟، مصدر سابق.

يشكل وضع جماعات التطرف والإرهاب في القارة الأفريقية، وإقدام فرنسا على سحب قواتها من منطقة الساحل، جرس إنذار ينبغي الاستماع له جيداً خصوصاً بعد وصول العديد من المهاجرين الأفغان إلى أفريقيا[100]، وفي ظل عدم رغبة القوى الدولية في الانغماس في محاربة الإرهاب في القارة الأفريقية برز اتجاه يدعو إلى أفرقة الحرب على الإرهاب مصحوباً بدعم دولي يساعد في نجاح هذه الحرب.

وقد برزت الدعوة إلى أفرقة الحرب على الإرهاب في 16 فبراير 2021، حيث عقدت قمة مجموعة دول الساحل الخمس (التي تضم موريتانيا ومالي وبوركينا فاسو والنيجر وتشاد)، بمشاركة الرئيس الفرنسي إيمانويل ماكرون، بشكل افتراضي، ورأى بعض الباحثين، آنذاك، أن هذه القمة ربما شكلت "نقطة تحول كبرى في استراتيجية فرنسا لمحاربة الإرهاب في الساحل الأفريقي"، وذلك في اتجاه تخفيف وجودها العسكري في المنطقة، مع التركيز - في المقابل - على دور الحلفاء المحليين والدوليين، وهو ما يعكس "تحركاً باتجاه «أفرقة» الصراع وأساليب مواجهته خاصة في منطقة

---

100. Carole Assignon, Des réfugiés afghans arrivent déjà en Afrique, DW, 25.08.2021, https://bit.ly/3sUKCbj

الساحل[101]. ويدخل هذا المنهج الغربي الجديد بأفرقة الحرب على الإرهاب[102] في إطار رغبة ينظر لها منذ زمن بأفرقة الأمن بوجه عام[103].

وبرغم أهمية عملية أفرقة الحرب على الإرهاب، فإن موقف القوى الدولية والإقليمية يبقى حاسماً في مواجهة تطلعات جماعات التطرف والإرهاب في القارة الأفريقية عموماً وفي منطقة الساحل خصوصاً، إذ إن وقوف هذه الدول بجانب دول المنطقة سيساعدها على مواجهة حركات الإرهاب التي تواجهها، وهذا الأمر قد لا يتطلب بالضرورة وجود عسكري على الأرض من جانب القوى الدولية والإقليمية بقدر ما يقتضي وجود خطط تنموية واقتصادية وسياسية يتم بموجبها معالجة الأسباب الحقيقية التي تساعد تلك الحركات على التمدد، بالإضافة إلى خطط عسكرية يتم بموجبها دعم القدرات العسكرية لدول المنطقة، بما يجعلها قادرة على مواجهة تهديدات الجماعات الإرهابية، على أن يتم تنفيذ هذه الخطط تحت إشراف الأمم المتحدة والاتحاد الأفريقي؛ ومن ثم فإن تحرك المجتمع الدولي لدعم الدول الأفريقية ودول الساحل سيكون عاملاً مهماً في الحد من تطلعات حركات الإرهاب في المنطقة.

---

101. حان وقت «نزع عسكرة الإرهاب» في أفريقيا، الإمارات اليوم، 4 إبريل 2021، https://bit.ly/3F7aWHg

102. Hal Brands, The War on Terrorism Isn't Over — It's Moved to Africa, Bloomberg, April 14, 2021, https://bloom.bg/3vpKCRL

103. Un ordre militaire mondial: Conception de nouveaux paradigmes stratégiques, Africanization of the security, https://bit.ly/38mshuh

قائمة المراجع

أولاً: المراجع العربية:

- **الكتب:**

1. رضوان بوهيدل، جيوسياسية التنافس الدولي على منطقة الساحل الأفريقي (عَمان، مركز الكتاب الأكاديمي، 2020).

- **المواقع الإلكترونية:**

2. أحمد سلطان، "لغز الإسلام والمسلمين بالساحل الإفريقي: لا تعاملوها كجماعة واحدة!"، موقع ذات مصر، 15 ديسمبر 2020، https://bit.ly/3yqbJw5

3. أحمد مصطفى، "انتباه متأخر"، سكاي نيوز عربية، 25 يونيو 2021، https://bit.ly/3BfpXI2

4. "أفغانستان: طالبان تكشف أبرز الأسماء في حكومتها وزعيمها يشدد على التمسك بالشريعة"، فرانس 24، 7 سبتمبر 2021، https://bit.ly/2YWX3Ji

5. "أفغانستان: طالبان تعلن نهاية الحرب وتؤكد تقديرها لحقوق المرأة وفق الشريعة واحترام حرية الصحافة"، فرانس 24، 17 أغسطس 2021، https://bit.ly/2VlnG8Q

6. "أفغانستان: هل تسهم حكومة طالبان المؤقتة في طمأنة المجتمع الدولي أم في زيادة مخاوفه؟"، بي بي سي، 9 سبتمبر 2021، https://bbc.in/3lOfIPQ

7.   "أفغانستان.. ثروات معدنية ضخمة بيد طالبان تركها الغرب هدية للصين"، دويتشه فيله، 20 أغسطس 2021، https://bit.ly/3h5ynEh

8.   "الحكومات العربية "تتابع باهتمام" الوضع الأفغاني وحركات إسلامية "تبارك" سيطرة طالبان على الحكم"، فرانس 24، 19 أغسطس 2021، https://bit.ly/3teZktY

9.   "الصين تسعى لسد فراغ أمريكا في أفغانستان باستثمارات عملاقة"، سكاي نيوز عربية، 6 يوليو 2021، https://bit.ly/3jItYIV

10. "الصين وروسيا بعد سيطرة طالبان.. مصالح أمنية واقتصادية واهتمام خاص لبكين"، الحرة، 18 أغسطس 2021، https://arbne.ws/3h8hJUh

11. "الظواهري يقول: حركة الشباب الصومالية انضمت للقاعدة"، رويترز، 10 فبراير 2012، https://reut.rs/3gF807C

12. أماني الطويل، "ما تأثير نجاح "طالبان" في أفريقيا؟"، إندبندنت عربية، 20 أغسطس 2021، https://bit.ly/3gIdNtk

13. أميرة محمد عبد الحليم، "أبعاد ظاهرة الإرهاب في إقليم شرق أفريقيا"، موقع التحالف الإسلامي العسكري لمحاربة الإرهاب، 22 ديسمبر 2019، https://bit.ly/3kx3cCH

14. "انعكاسات صعود حركة "طالبان" على الشرق الأوسط"، مركز المستقبل للأبحاث والدراسات المتقدمة، 22 أغسطس 2021، https://bit.ly/3prBqf1

15. أوبينا أناديكي، "ماذا يعني التحالف بين بوكو حرام وتنظيم الدولة الإسلامية؟"، موقع ذي نيو هومينيتريان، 10 مارس 2015، https://bit.ly/3DuL3Oj

16. آية أمان، "انتصار طالبان.. وقود التطرف للهيمنة على أفريقيا"، 21 أغسطس، 2021، موقع مصر 360، https://bit.ly/3gEwNJd

17. بابلو أوجوا، "أفغانستان تحت حكم طالبان: مَن المستفيد ومن المتضرر"؟، بي بي سي، 3 سبتمبر 2021، https://bbc.in/3lQBpPx

18. بسمة سعد، "دلالات وتداعيات مقتل أبو بكر شيكاو على أمن منطقة الساحل"، مركز الأهرام للدراسات السياسية والاستراتيجية، 26 يونيو 2021، https://bit.ly/38oTegN

19. "بعد 20 عاماً.. طالبان تدافع عن بن لادن والقاعدة"، الحرة، 27 أغسطس 2021، https://arbne.ws/3sYXvRB

20. "تقرير دولي: الجماعات الإرهابية الخطيرة لاتزال قادرة على التوسع والانتشار"، الحرة، 23 يوليو 2021، https://arbne.ws/3mCUDsC

21. تقى النجار، "لماذا تصاعد نشاط حركة الشباب الصومالية مؤخراً؟"، المرصد المصري، 30 يناير 2020، https://bit.ly/3aNdTfP

22. "تنظيم الدولة في غرب إفريقيا يعلن أن زعيم بوكو حرام قتل نفسه"، دويتشه فيله، 7 يونيو 2021، https://bit.ly/3Bmehxc

23. "تنظيم الدولة في أول تعليق على طالبان: انتقال الحكم من طاغوت لآخر"، 20 أغسطس 2021، https://bit.ly/2XtpI7W

24. توم بيتمان، "قطر وتركيا تمثلان حبل نجاة لحركة طالبان وحلقة وصل لها بالعالم الخارجي"، بي بي سي، 2 سبتمبر 2021، https://bbc.in/3BGry3N

25. "جماعة نصرة الإسلام والمسلمين الموالية للقاعدة توسّع نفوذها في الساحل الإفريقي"، فرانس 24، 10 يناير 2021، https://bit.ly/2V1NVB6

26. "حان وقت «نزع عسكرة الإرهاب» في أفريقيا"، الإمارات اليوم، 4 أبريل 2021، https://bit.ly/3FZaWHg

27. حسام الحداد وآخرون، "التنظيمات الإرهابية في أفريقيا"، بوابة الحركات الإسلامية، بدون تاريخ، https://bit.ly/3ksmSHI

28. "حركة الشباب الصومالية تعلن تحالفها مع تنظيم القاعدة"، بي بي سي، 1 فبراير 2010، https://bbc.in/2WCtiMk

29. حسنين توفيق إبراهيم، "هل ستتحول أفغانستان في ظل سيطرة طالبان إلى قاعدة للإرهاب مرة أخرى؟"، مركز تريندز للبحوث والاستشارات، 20 أغسطس 2021، https://bit.ly/3DONHPf

30. حمدي عبد الرحمن، "هل حان وقت نزع عسكرة الإرهاب في إفريقيا"؟، مركز المستقبل للأبحاث والدراسات المتقدمة، 30 مارس 2021، https://bit.ly/3BWEhQq

31. حمدي عبد الرحمن، "فراغات أمنية: توسع القاعدة وداعش في أفريقيا"، مركز الأهرام للدراسات السياسية والاستراتيجية، 21 يونيو 2021، https://bit.ly/2Xr3jlr

32. خديجة الطيب، "انتصار "طالبان" يوجه إنذاراً لدول منطقة الساحل"، إندبندنت عربية، 18 أغسطس 2021، https://bit.ly/3mHoNuT

33. "دراسة ترصد تحركات التنظيمات الإرهابية في القارة الأفريقية"، اليوم السابع، 12 مارس 2020، https://bit.ly/2Y8leDG

34. "ذبيح الله مجاهد: طالبان لا تنوي التمدد نحو حدود روسيا"، روسيا اليوم، 27 أغسطس 2021، https://bit.ly/3h3zPae

35. "سيطرة طالبان.. نعمة أم نقمة لمحيط أفغانستان الإقليمي؟"، دويتشه فيله، 22 أغسطس 2021، https://bit.ly/3kVQWf2

36. "شبكة حقاني وداعش-خراسان والقاعدة.. مجموعات إرهابية تهدد أمن أفغانستان"، الحرة، 26 أغسطس 2021، https://cutt.us/mp7Ub

37. "صحيفة لوفيغارو: قطر الوسيط الأساسي للغرب مع حركة طالبان"، مونت كارلو، 4 سبتمبر 2021، https://bit.ly/3n5jmG5

38. "طالبان تريد نظاماً إسلامياً شاملاً".. وهذا موقفها من النساء"، الحرة، 17 أغسطس 2021، https://arbne.ws/3BIQ7Nv

39. "طالبان: ما هي أوجه الشبه والاختلاف بين الحركة وتنظيم الدولة الإسلامية؟"، بي بي سي، 19 أغسطس 2021، https://bbc.in/3jwembd

40. "طالبان: لدينا علاقات جيدة مع الصين وروسيا"، روسيا اليوم، 25 أغسطس 2021، https://bit.ly/3BHQAPV

41. "طالبان: نفوذ روسيا قد يساعد في تسوية قضية بنجشير"، روسيا اليوم، 24 أغسطس 2021، https://bit.ly/3n0QRcJ

42. "طالبان ترد على إيران: الدبلوماسيون في أفغانستان آمنون"، العين الإخبارية، 13 أغسطس 2021، https://bit.ly/3h0sW9h

43. "طالبان: يمكن الاستعانة بالخبرة الفنية التركية في إدارة مطار كابول"، وكالة الأناضول، 29 أغسطس 2021، https://bit.ly/3n32XBY

44. عريب الرنتاوي، "الإسلام السياسي والمسلح: من الشماتة بـ "نهضة تونس" إلى الانتشاء بـ "فتح كابل"، الحرة، 22 أغسطس 2021 https://arbne.ws/3jqtoPL

45. فرانك غاردنر، "تنظيم الدولة الإسلامية "نقل" مركز ثقله إلى قلب القارة الأفريقية"، بي بي سي، 6 ديسمبر 2020، https://bbc.in/2WsjyVe

46. فرانك غاردنر، "أفغانستان: هل تصبح ملاذاً للإرهاب بعد سيطرة طالبان على السلطة؟"، بي بي سي، 18 أغسطس 2021، https://www.bbc.com/arabic/world-58242152

47. فرانك جاردنر، "كيف وصلت المواجهة مع الإسلاميين المتشددين في غرب أفريقيا إلى مرحلة حرجة"؟، بي بي سي، 7 يونيو 2021، https://bbc.in/3sTr5bf

48. "قطر تجني مكاسب دبلوماسية من صلاتها الوثيقة بطالبان"، ميدل إيست أونلاين، 5 سبتمبر 2021، https://bit.ly/3jLHICR

49. كريستن كنيب، "بعد عودة طالبان.. هل تصبح أفغانستان "قاعدة" للجهاد مجدداً؟"، دويتشه فيله، 24 أغسطس 2021، https://bit.ly/2UZ6E06

50. لا سينا ديارا، "الساحل بين تنظيمي "داعش" و"القاعدة" - تنافر أم تمويه"؟، موقع التحالف الإسلامي العسكري لمحاربة الإرهاب، 13 يونيو 2021، https://bit.ly/3mDyAC4

51. "ماذا يعني "انتصار" طالبان لحلفاء أمريكا العرب وللتنظيمات المتطرفة"؟، دويتشه فيله، 16 أغسطس 2021، https://bit.ly/3jLENdt

52. محمد المحمود، "طالبان.. الواقع والمتوقع"، موقع الحرة الإخباري، 23 أغسطس 2021، https://cutt.us/IpZaD

53. محمد لعقاب، "9 أساليب لمكافحة الإرهاب والتحول من الفرنسة إلى الأفرقة"، مجلة آراء حول الخليج، العدد 162، 30 مايو 2021، https://bit.ly/38mdRKH

54. "مخاوف من أصداء لصعود طالبان في الساحل الأفريقي"، وكالة الأناضول، 28 أغسطس 2021، https://bit.ly/2WzDPrh

55. مصطفى جمال عمر، "تأثير عودة طالبان على الجماعات المسلحة في منطقة الساحل والصحراء"، مركز تريندز للبحوث والاستشارات، 5 أكتوبر 2021 https://bit.ly/3lTNcMX

56. "ملاذ آمن.. عودة طالبان تحيي المخاوف من تنظيمات الأفغان العرب"، https://arbne.ws/3DsixNq

57. "من أفغانستان للساحل الأفريقي.. ماذا تعني الصحوة الإرهابية الجديدة؟"، https://alsyaaq.com/ISIS-in-Afghanistan

58. "من هو مختار بلمختار زعيم جماعة «المرابطون»؟"، فرانس 24، 16 يونيو 2016، https://bit.ly/3gJBD7X

59. "نشطاء يتداولون رسالة تهنئة من "القاعدة" لـ "طالبان" بـ "النصر العظيم" في أفغانستان"، روسيا اليوم، 2 سبتمبر 2021، **https://bit.ly/3BAvCT8**

60. نور الدين بيدُكان، "دور المغرب في مواجهة التهديدات الأمنية في منطقة الساحل الأفريقي: المرتكزات والتحديات والآفاق"، مركز الإمارات للسياسات، 31 ديسمبر 2020، https://bit.ly/38lYRg0

61. هاني مسهور، "بوكو حرام.. دماء في إفريقيا وتاريخ مرتبط بالقاعدة"، سكاي نيوز عربية، 8 يونيو 2021، https://bit.ly/3BqsPvN

62. "هبة الله أخوند زاده.. زعيم طالبان الذي تعهد بإقامة حكومة إسلامية نقية"، بي بي سي، 18 أغسطس 2021، https://bbc.in/2Z3bmMg

63. "هل تصبح طالبان «مدرسة» للجماعات المتطرفة في الساحل الأفريقي؟"، مسائية دي دبليو، https://www.youtube.com/watch?v=vQFkC9Lf6IY

64. "هكذا تدير القاعدة وطالبان المشهد الأفغاني بشكل كامل"، العربية نت، 27 أغسطس 2021، https://bit.ly/3gFOAQj

ثانياً: المراجع الأجنبية:

1. Eva Dou and Rebecca Tan, "China faces threat in volatile borderlands after Afghanistan falls to the Taliban", The Washington Post, August 17, 2021, https://wapo.st/2WUdioS

2. BRAHMA CHELLANEY, "Global Terror and the Taliban's Return", Project Syndicate, Apr 6, 2021, https://bit.ly/3h2HPbg

3. Carole Assignon, "Des réfugiés afghans arrivent déjà en Afrique", DW, 25.08.2021, https://bit.ly/3sUKCbj

4. Hal Brands," The War on Terrorism Isn't Over — It's Moved to Africa", Bloomberg, April 14, 2021, https://bloom.bg/3vpKCRL

5. Jonathan Clayton, "Jihadists across Africa boosted by Taliban's victory in Afghanistan", The Sunday Times, August 23 2021, https://bit.ly/38oC4QE

6. Lynsey Chutel," Will the War on Terror Move to Africa?", Foreign Policy, AUGUST 25, 2021 https://bit.ly/3kwCoCt

7. Pierre Haski," Au Sahel, l'armée française face au syndrome afghan", franceinter, 27 novembre 2019, https://bit.ly/3vo65KM

8. "Un ordre militaire mondial: Conception de nouveaux paradigmes stratégiques", Africanization of the security, https://bit.ly/38mshuh

9. "Who is Abdul Ghani Baradar", CNBC, Aug 17, 2021, https://bit.ly/3yMh94H

د. فتوح هيكل
رئيس قطاع البحث العلمي

يشغل الدكتور منصب رئيس قطاع البحث العلمي والمستشار السياسي لدى مركز تريندز للبحوث والاستشارات، ولديه خبرة مهنية تتجاوز الـ 20 عاماً، عَمِل خلالها في عدد من مراكز البحوث والدراسات الاستراتيجية في الشرق الأوسط. وقد نُشر له عدد من الكتب والدراسات من بينها: كتاب "التدخل الدولي لمكافحة الإرهاب وانعكاساته على السيادة الوطنية"، أصدره له مركز الإمارات للدراسات والبحوث الاستراتيجية عام 2014.

صدر للدكتور أيضاً عن مركز الخليج للدراسات والبحوث الاستراتيجية عام 2005 مع مجموعة من المؤلفين كتاب "المجتمع المدني في دول مجلس التعاون الخليجي"، بالإضافة إلى العديد من الدراسات والمقالات التي نُشرت له في عدد من الدوريات والمواقع الإلكترونية المتخصصة. ويشار إلى أن اهتمامات الدكتور البحثية تنصب على قضايا أمن الخليج، والتطرف، والإرهاب، والشؤون العربية والإقليمية.

د. وائل صالح
باحث رئيسي في برنامج دراسات الإسلام السياسي ورئيس وحدة متابعة الاتجاهات المعرفية في العالم

يعمل الدكتور لدى مركز تريندز للبحوث والاستشارات بوصفه باحثاً رئيسياً في برنامج دراسات الإسلام السياسي، ورئيساً لوحدة متابعة الاتجاهات المعرفية في العالم. كما أنه

عضو مشارك في معهد الدراسات الدولية في جامعة كيبيك في مونتريال ومستشاراً رئيسياً للأبحاث في معهد الدراسات الدينية في الجامعة نفسها. ويشغل الدكتور أيضاً في الجامعة عينها منذ 2013 منصب باحث مشارك بكرسي راؤول دنديرون للدراسات الاستراتيجية والدبلوماسية.

صدر للدكتور عدد من الكتب منها: "الإسلام السياسي في زمن ما بعد الربيع العربي: هل دخلنا عصر موت الإسلاموية؟" عام 2017؛ و"مفهوم الدولة في الفكر المصري الحديث والمعاصر: ما بين التواصل والتغير والقطيعة" عام 2017؛ و"في البحث عن حداثة في الإسلام: طرق عربية معاصرة" عام 2018. وتتمحور دراساته العلمية حول نقد الخطاب الإسلاموي وتفكيك الخطاب المتعاطف معه، التطرف المؤدي للعنف باسم الإسلام، الفكر العربي الإسلامي المعاصر.

خالد أحمد عبدالحميد
مدير برنامج دراسات الإسلام السياسي

يتمتع الأستاذ خالد أحمد عبد الحميد بخبرة مهنية تتجاوز الـ 20 عاماً، عمل خلالها في عدد من مراكز البحوث والدراسات. وقد بدأ حياته المهنية باحثاً لدى الهيئة العامة للاستعلامات المصرية، وباحثاً غير مقيم لدى المركز الدبلوماسي للدراسات الاستراتيجية بالكويت – فرع القاهرة، ثم انتقل للعمل لدى مركز الإمارات للدراسات والبحوث الاستراتيجية. ويعمل الآن مديرا لبرنامج دراسات الإسلام السياسي، وباحثاً متخصصاً في الشؤون السياسية والاستراتيجية لدى مركز تريندز للبحوث والاستشارات.

صدر للدكتور العديد من الدراسات، والمقالات، والتقارير المتعلقة بالشؤون الخليجية، والعربية، والدولية التي نشرت له في عدد من المجلات والدوريات السياسية المتخصصة.